桃

もうひとつのツ、イ、ラ、ク

姫野カオルコ

角川文庫 14769

目次

卒業写真

初恋は実らない。

だれかがそう言っていた。

どこかで読んだような気がする。

それとも、だれかが読んで、そう書いてあったと言ったのを、聞いただけだろうか。


【御欠席】


往復はがきに印刷された文字を、安藤健二《あんどうけんじ》はボールペンでかこった。

みずうみのほとりにあるこの町に住んでずいぶんになる。頭のなかで、現在の年齢から生家をはなれた年齢をひいてみて、少しがっかりした。

彼の故郷もみずうみのほとりの町だった。高校を卒業して、そこをはなれた。東京に出た。なんでもいい。都会に出たかった。東京社会保健学院。都会の専門学校に入った。赤十字認定の救急員の資格をとり、しばらくは東京のフィットネスジムでインストラクターをしていたが、結婚してこの町に越した。ここは妻の故郷だ。


【出欠問わず、近況をぜひ書いてください】

そう印刷された文字の左には空白がある。ボールペンの先を空白にあてたまま、安藤のゆびに力は入らない。

はがきは中学同窓会のしらせだった。高校ではない。中学。

また数をひく。十八年。長中を卒業してから経た歳月。落胆する。

市立長命《ちようめい》中学。

木造の平屋の校舎。広い広い敷地。学年棟や理科室や美術室や体育館をつなぐ迷路のような渡り廊下。いちいち名札をつけた灌木《かんぼく》が植えられた中庭。中庭はいくつもあった。渡り廊下ごとに。吹きさらしの屋外プール。藻が浮いたプール。水のないときはコンクリートがひびわれているのが、遠目にもわかった。

長中は、安藤が通っていたころでさえ、時代をまちがえたような古い建物だった。

十八年もたったのか……。

高校の同窓会のしらせなら何度か受けたことがある。が、十八年間、中学の同窓会のしらせは受けたことはなかった。

【出欠問わず、近況をぜひ書いてください】

近況。こんなに歳月がたって、なにを書けば近況になるというのだろう。

東京のジムで働いていたころ、同僚だった妻と結婚した。〈妹が東京の人と結婚して家を出たから、長女のわたしが家に帰らなくちゃならない〉と言われ、それもいいんじゃないかと、妻の両親が商っている釣具店の婿になった。釣具店の近くに第三セクター介入の半官半民経営の市民センターがオープンしたばかりの好況の年だったから、そこのなかにあるジムのインストラクターになった。

近況欄には、では『インストラクターをしています』と書けばいいのか。ゆびから力がさらに抜けた。机が面している窓の外を見る。みずうみには歩いていける場所にこの家は建っているが、窓から水面《みなも》は見えない。

〈小さいなあ〉。はじめて妻の故郷を訪れたとき、みずうみの前で安藤は彼女に言ったものだ。安藤の故郷にあったみずうみはもっと大きく、波があった。

「そっち、かたづいた？」

妻が階下から上がってきた。

安藤はボールペンをはなし、妻のほうに椅子を回転させる。

「なんだ、ぜんぜんかたづいてないじゃない。この部屋をかたづけてくれなくちゃ、階下《した》の物を運べないのよ」

「わかってるよ」

二世帯住宅の、両親の住む側と自分たち夫婦の住む側の両方の台所と風呂場《ふろば》を改装することになったのである。改装工事にさいして、台所にある物をいったんどけるために、二階の一部屋に大きなスペースをつくってくれと妻から頼まれていた水曜だった。公共施設に勤める安藤は水曜が休日である。

「この部屋、物置みたいになってしまってて、いらないものもずいぶんあるからこのさい整理しようって、昨日から言ってるじゃない」

「だから整理してたんだよ」

「どこが？　かえって前よりちらかってる」

「あそこの天袋に、そこのスキー板とスーツケースをしまおうと思って……」

まずはいま天袋に入っている物を捨てようとした。天袋には、段ボール箱が四つも押し込まれていた。フリーマーケットに出せるのではないかとしまったままそれきりになっていた上の子と下の子のふたりぶんのこども服。新婚時代にはよくやったスキューバの、いまではもう型も材質も古くなったダイビングスーツやらシュノーケルやらと、ついでにいっしょに詰めた何枚かのバスタオル。たばこの空き箱で作った鼓、花籠《はなかご》、傘は、義母が一時期凝っていた手芸作品。むげに捨てるには心苦しく、とりあえずとりあえずで詰めた物が段ボール箱の中身だった。

そのうちのひとつだけ。ほかの三箱より紙の色が黄ばんだ箱は、ほかより重かった。そこには、長命から東京へ、東京からこの町へ、安藤が持って来た物が入っていた。長命東小学校の卒業文集。幼い字ばかりの寄せ書き。中宮《なかみや》高校の卒業アルバム。サイン帳。何冊かの本。文庫はない。単行本ばかり。それに長命中学の卒業アルバム。これは二冊あった。

「昨日、このはがきが来て、そして今日、この箱を開けたらアルバムなんかが出て来たからさ、へえ、って思ってさ……」

往復はがきを、顎《あご》で示す。

「ああ、あれね。行くの？」

妻はゴミ袋を片手に、床にちらばったものを、ろくにたしかめもせず次々にそこにほうりこみながら机に寄って来た。

「いつだっけ？」

往復はがきを手にとる。

「来月の十日か。ちょうどいいわ、その日、おばあちゃんとおじいちゃんがいちご狩りのバス旅行に、健太と亜由美を連れてってくれるっていうから、あなたが同窓会に行くんならわたしもいちご狩りにいっしょに行くわ」

保養地のホテルでのディナーのついた旅行だという。

「もう〝欠席〟にマルしちゃったよ」

「いいじゃない、〝出席〟になおして出したら？」

「いいよ。かったるいし……」

なぜ十八年もたって同窓会をすることになったのだろう。いままで一度もなかったのに。

「なに言ってるのよ、あったじゃない。おととしにもあったはずだよ……、おとといのその前だったかなあ……、みなみさんから電話かかって来てたじゃない」

妻は兄嫁の名前を口にした。

「わたし、ちゃんとつたえたよ。みなみさんが同窓会どうしますかって訊《き》いてるけどって。あなた、行かない、って言うから、わたし、そのまま、行かないそうですってみなみさんに言ったのよ」

「そうだったっけ」

「そうよ。んもう、ちっともわたしの言うこと聞いてないんだから」

「それは高校の同窓会のことだろ？」

高校の同窓会があるからいっしょに行こうという電話なら、何度か受け取った。いつも正月におこなわれたから、帰省しているときに同学年の友人からかかってきた。行った年もあれば行かなかった年もあった。

「ううん。中学よ。中学だったはず……」

妻の声はしりすぼみになる。

「中学の同窓会のしらせなんか、いままで一回も来たことないよ。なんでここの住所がわかったんだろう」

「それはわかるでしょう、お義兄《にい》さんたちはずっと長命にいるんだもの。そういう会の実行委員の人って、たいてい地元にずっといる人なんだから、つてはいっぱいあるよ。とくに、あなたはお義兄さんとひとつちがいでしょう。あなたとみなみさんもひとつちがいでしょう。そんなんじゃ、みなみさんと実行委員の人なんて顔見知りだよ、きっと。ジモティ同士、電話一本かければ、ここの住所なんかすぐわかるに決まってるじゃない」

「木内《きうち》みなみが教えたのかなあ」

「また呼び捨てにする。義理でもお姉さんのことを呼び捨てにするのってどうよ」

「ああ、つい……」

いまは兄嫁になったみなみは、中学時代、有名な女子生徒だった。学年はひとつ下にもかかわらず、安藤の同級男子たちは、木内みなみの名前をよく口にした。男心をくすぐるかわいさがあるとか、男が放っておけないような愛嬌《あいきょう》があるとか、かけひきがうまいとかいったような複雑な表現では評しない。評することができない。思春期の男子中学生にはそんな語彙《ごい》はない。彼らは木内みなみを、ただ〈イイ〉と評していた。そういう女子生徒は芸能人のようなもので、いつもフルネームを呼び捨てにされる。〈木内みなみってイイよな〉と。

「アイドルだったんだよ」

「アイドルねえ……。前にもチラッとそんなようなこと聞いたけど……。わたしはいまのみなみさんしか知らないから……」

数年前に兄と結婚することになったと聞いたとき安藤は驚いたが、兄嫁になって間近で会った木内みなみには、学園のアイドルだったころのたたずまいはもうなにもなかった。

「会わなきゃよかったと思ったよ」

妻にはそう言っておく。じつは、いまのみなみのほうが、やたら上目づかいで不自然にパチパチまばたきをしながら人を見ていた当時より、安藤は好きだ。肩から力が抜けて、気さくなかんじがする。兄ともむつまじく、たのしそうだ。

「前の結婚で苦労したんだろう」

妻にはそう言っておく。みなみは長命中学を卒業後、県内の私立高校からそのまま付属短大に行った。そのころになると服装も華美になり、町でひときわ目をひいた。短大を卒業してほどなく、派手な噂が町に流れた。大阪でベンチャー・ビジネスとやらをてがける大金持ちの青年実業家に見初められて結婚したと。それこそ、高校の同窓会で聞いた。

「青年実業家ねえ……。アヤシイなあ……」

「事実、アヤシかったんだよ」

くわしくは安藤も知らない。ようするに金の切れ目が縁の切れ目で、みなみは長命にこどもひとりを連れて帰ってきた。それを安藤の兄が娶《めと》ったのである。

「いちおう初志貫徹したんだな」

「なに？　初志貫徹って」

「べつに……」

兄は初恋を実らせたのだと言いそうになったのだが、初恋などということばを妻の前で発音するのが恥ずかしくて、安藤は換言をしたのだった。だが、

「みなみさんって、お義兄さんの初恋の人だったの？」

さすが女である妻は、こうしたことには敏感だった。

男子がまだ字もろくに読めないころから、女子は、某姫がその美貌《びぼう》で経済力のある王子を射止める絵本を見聞きし、男子が怪獣カードを集めているころには、女子は、美貌はなくとも「ドジ」をキュートに演出する術《すべ》で長身痩軀《そうく》の男を射止める漫画を読み、男子が廊下でプロレスごっこをしているころになれば、女子はもう生理があるのだから、こうしたことについてのキャリアが男子とは比較にならない。年季がちがう。

「いや、まあ、その……」

初恋という甘い音も恥ずかしかったが、兄の個人的な部分をうかつに洩《も》らしたのは男のくせに口が軽すぎたような気がして、安藤は頬を染めた。

「やだ、赤くなってる。お義兄さんの初恋で、なんであなたが赤くならなきゃなんないのよ」

もしかして。妻は安藤の頬に息がかかるほど近づき、彼を見つめた。彼女が、「安藤さんの奥さん」ではなく、「健太くんのママ」でも「亜由美ちゃんのママ」でもなかったころのようなひとりの女の顔になって。

「もしかして、あなたの初恋がみなみさんじゃないの？」

「ちがうよ。俺が好きだったのは……」

「え？　だれ？　どの人？」

段ボール箱からとりだして、机に置いていた長命中学の卒業アルバムを、妻は開く。

「どの人？　何組？」

ぱらぱらとアルバムを繰る。

「あててみようか。えーとねえ、この人じゃない？　三年三組の、わ、この人の名字、なんて読むの。難しい漢字。ナントカ朋子《ともこ》さん……ほら、この、二列目のはしっこの人」

ひとりを指さす。

朋子ちゃん。だれかがその少女を呼ぶ声が、一瞬、安藤の内耳によみがえった。

「ちがうよ」

朋子ちゃん……。たしかその子の家に俺は行ったことがあったな。なんで行ったんだろう。なにか学校の用事で行ったんだ。帽子屋の裏だった。帽子屋の敷地とつづいているような家で、そうだ、ハムスターを飼っていた。

「え、ちがった？　髪の長い女がテレビに出ると、あなた、すぐに美人だってほめるじゃない」

朋子さんじゃないんならと、妻は卒業写真に見入る。百人以上いる女子生徒をひとりひとり吟味するつもりなのか。

「ちがうって。俺が好きだったのは」

「好きだったのは？」

「部活だよ」

「部活？　バレーとかバスケとかの？」

「そう、部活。俺が好きだったのは部活だよって言おうとしたんだよ。中学も高校も、俺が一生懸命になってたのは部活だけ」

安藤は野球部だった。甲子園を、それなりに夢見た。だが、野球そのものより、仲間と野球をしていることが好きだった。適当にさぼりながら、先輩の指導に文句も言いながらの、部活動というものがたのしかった。

あのころは単純だった。毎日時間割どおりに変わりなく、なのに、一日一日が長く波瀾《はらん》万丈《ばんじょう》だった。六十分もない授業すらもてあますほど退屈で、なのに起立して答えることが一大事だった。

「部活が終わってから、部室でさ、服着替えながらバカ話してた。三十分もなかっただろうにさ、一本映画見たみたいに長かった、いまからすると……」

安藤は妻からアルバムをとりあげた。

「うまく逃げたわねえ。そんなに恥ずかしがらなくてもいいのに。初恋なんて言ったたって、中学生のころのそんなもん、することはたかがしれてるじゃないの。交換ノートとかぬいぐるみのプレゼントとか、ままごとみたいなことしてただけでしょ」

ほんとにもう、男ってどうしてこう思い出を美化したがるのかしらねと、妻はゴミ袋にどんどん物を入れてゆく。

「ああ、邪魔邪魔。こんなタオル、なんでとっといたんだろ。捨てよ捨てよ」

こんなふうに大半の女たちは、過去をどんどん削除してゆくのだろう。彼女たちにとっては現在こそが最重要なのだろう。

きっと木内みなみも前夫のことなどすっかり忘れたんだろう。きっと妻も初恋の相手とかわした会話の断片すらおぼえていないんだろう。

(きっと、俺も……)

きっと自分も梁瀬由紀子《やなせゆきこ》に忘れられてしまっているのだろう。『でも、ぼくはよくおぼえています』。安藤は、近況欄にそう書きたいような気がした。ただひとりだけに向けて。自分を忘れたであろう、ひとりのおもかげを、安藤は鮮明に思い出せる。卒業アルバムを見なくても。

「あなた、出欠はどっちでもいいから、はやく返事を出したほうがいいよ。実行委員の人困るもの。それからはやく……」

安藤はいつも妻から、はやくなにそれをしろと頼まれる。はやく消せ。はやく着替えろ。はやく食べろ。はやく風呂《ふろ》に入れ。はやく連れてゆけ。はやく磨け。はやく敷け。はやく寝ろ。はやく起きろ。はやくはやく……。そして、安藤もできるだけはやくやっているつもりなのに、いつも時間がなくなる。

「なんでこのころは、あんなに時間があったんだろうな……」

長命中学という金文字を安藤はゆびでさわる。ふっくらと盛り上がった感触。郷愁がゆびに滲《にじ》む。

「中学時代のこと？　そうねえ、あのころはなんだか一日が今の三日分あったみたいなかんじするよね……あら？」

妻はゴミ袋から手をはなした。

「なんで中学の卒業アルバムが二冊もあるの？」

「年度がちがうんだよ。一冊は俺とは関係ない。拾ったんだ」

「拾った？」

「おふくろが、むかし、スーパーで清掃のパートやっててさ、ゴミ箱に捨ててあったのを拾ったんだ。これ、あんたの中学の卒業アルバムやないの、もったいない、って家に持って帰ってきたの。俺の学年のでもないのに」

安藤より一学年下の卒業アルバムだった。卒業アルバムは毎年積立金を徴収して制作されるものだから、当然、安藤の母も金を払っていた。一学年下の卒業アルバムなら、まだ母には金を払っていた記憶が新しく、そんなものが透明なビニール袋に入ったまま捨てられていたのだから、憤りを感じて家に持って帰ったのである。

「おふくろは、ぜひとも清掃したくてパートに出たわけじゃないじゃん？　家計のたしにしようと、やっと見つけてきたパートだったわけよ。むしょうに腹がたったんだと思うよ。まっさらなのに、スーパーのゴミ箱に捨てられてるの見て。でも、俺が捨てたわけじゃないのに、俺が怒られてさあ……」

「それを、なんでいままでだいじに持ってるのよ……、そうか、わかった、こっちの学年だったのね」

妻はアルバムに記された年度を調べる。

「あ、これ、みなみさんの学年。やっぱりあなたの初恋ってみなみさんだったんでしょう」

「みなみ、みなみって、さっきからもう……」

安藤は舌打ちをする。あのころも、女子は男子とはちがう意味で、よくない意味で、木内みなみをやたら気にしたが、なにかそういうものが兄嫁にはあるのだろうか。

「木内みなみはぜんぜん関係ない。それ、桐野《きりの》から預かってるんだよ」

桐野というのは、小・中学時代の同級生である。ずっといっしょに野球をしていた。安藤の郷里で挙げた妻との結婚式にも来てくれた。

「言ってることがさっきとちがうじゃないの。さっきはお義母《かあ》さんが拾ったって言った」

「そうだよ。おふくろが拾ったんだよ。そんで、一年下の学年のアルバムだったから、桐野にやろうとしたんだよ」

安藤は、桐野が好きだった女生徒の写真をやろうとしたのである。こんなものを拾ったと安藤が桐野にアルバムをわたすと、桐野は見て、ずっとだまっていた。そして〈おまえが預かっといてくれ〉と言った。いまは持っていたくない。でも預かっておいてくれと。そうして歳月がたった。桐野と連絡をとりあうこともいまでは年賀状くらいしかなくなってしまった。

「でも、男が友だちから預かっておいてくれと頼まれた以上、勝手に捨てるわけにはいかないだろ」

ほんとうのところは、義母の手芸品同様、捨てるに捨てられず持っていたままになっていただけではあるが。

「桐野さんの初恋ねえ……、どの子?」

「えーと、なんてったっけなあ……」

「なによ、木内みなみはよくおぼえてるくせに」

「アイドルって子じゃなかったからだよ。えーと……」

他人の初恋なら気がらくである。安藤は卒業アルバムのページを繰った。すぐに見つかった。卒業写真用の撮影の日に欠席したのか、三年七組の欠席者として、ひとりだけ別枠で写っていたため、見つけやすかった。

「これ」

「ふうん……、この問題児か」

健太の小学校での同級の女の子や、亜由美の同級の女の子のなかに、妻は毎年、〃問題児〃を見つける。女には小学生のころから〃問題児〃が、学年にひとりの割りでいるのだそうだ。ほかの子より抜きんでて精神の発達が早熟な子が。自分自身が小学生や中学生だったときにはわからなかったが、子を持つ母親になってみるとそういう子は見ただけで顔つきでわかるのだと。

「なにも問題おこさなかったぜ。どっちかっていうと平凡な」

「そういう問題じゃないのよ、ばかね」

妻はまたアルバムを繰る。ずらずらと小さな写真がならぶクラス別のページより、写真サイズの大きな職員のページを膝《ひざ》の上で開く。美術の女教師が高貴な顔だちをしていると褒めた。それから、

「あっ、この先生、かわいい人。こっちにもあるかな」

もう一冊の、安藤の学年のアルバムも見る。

「あった。こっちはもっと写真が大きい。ね、この先生、男子に人気あったでしょ。梁瀬由紀子先生。若いし、かわいいもん」

梁瀬由紀子。その名前が出ると安藤は椅子から立ち上がった。

「ああ、あったあった。さあ、もういいだろ。かたづけものするからさ」

安藤は二冊のアルバムをそろえて机の上に置き、この部屋のかたづけは自分がやっておくからと、妻に言った。

「じゃあ、ほんとにやってよ、はやく」

「やっとくってば」

ひとりになりたい。

ひとりで梁瀬由紀子の写真を見たい。

安藤は妻を部屋から追い出した。

だれもいない部屋で、だが、安藤は卒業アルバムではなく、『車輪の下』をボックスケースから出した。ぺりぺりと蠟紙《ろうがみ》がすれる音がした。


ヘルマン・ヘッセ。車輪の下。梁瀬先生が薦めてくれたドイツの小説。

「訳の文章がものすごええんよ。高橋健二《たかはしけんじ》さんていう人が訳さはったん。安藤くんとおんなじ名前や」

そう言ってほほえんだ梁瀬先生。

先生に会うまで、安藤は本というかたちの物に自主的にさわったことがなかった。字がたくさん書いてあるものは教科書以外では、夏休みの読書感想文の宿題のために、しぶしぶ手にとったくらいで、しかも斜め読みをして、あらすじを原稿用紙に苦労して書いたのが関の山。本は、安藤の生活に〝ないも同然〟の物体であった。

本というものが、安藤の生活の、わりに大きな項目になったのは、それが梁瀬先生の秘密を解く鍵《かぎ》のようにかんじたときからである。

先生は中学三年の安藤に国語を教えた。担任だった。

安藤が中学に入学する前年に新卒で長中にやってきたというが、三年になるまで安藤は彼女とはちがう教師に国語を習った。

（胸……）

春の一学期。四月八日。教壇に立った梁瀬由紀子のそこをまず安藤は見て、見た部位がそのまま先生の印象だった。

白いブラウスの、第二ボタンから第四ボタンまでをふわりとやわらかくもりあげる胸。その部位が強調されているわけではない。紺の、すとんとしたスカートも短いわけではない。全体に特徴のない服装で、髪も肩よりは短く、ほかの女の先生がよくしているような長さに切ってあり、化粧も、していたのかもしれないが、とくにしているようには見えなかった。それでも教壇の梁瀬先生は、きれいでやさしそうな女の人だった。

（女の人……）

自分のいる学校に制服を着て通ってきている女子ではなく、男子たちだけでまわし見するいやらしい雑誌の写真の中にいる女でもなく、ごはんを作ってくれて洗濯をしてくれて掃除をしてくれる母親でもなく、女の人という生物がこの世の中には棲息《せいそく》しているのだと、はじめて実感したのが教壇の梁瀬先生だった。

『車輪の下』を、だから安藤は読んだ。ハンスには共感できなかった。共感するとか反感を抱くとかいう以前に、なにが書いてあるのか、なんのことなのか、十四歳の田舎の野球少年には、まるでわけがわからなかった。

（でも、長い話だったから……）

物語が長いのがうれしかった。長い話を読んでいるあいだじゅう、梁瀬先生が自分のそばにいるように思い。

「先生、『車輪の下』、読んだけど、ちいともおもろなかったわ」

わざわざ部活を休んで、そう言った。わざわざ職員室に行って、そう言った。先生はさびしそうな顔をした。夏休みに入る直前だった。職員室にはだれもいなかった。みーんみんみん。みーんみんみん。だだ広い敷地に何本も植わった木で蟬が鳴いていた。酸っぱいような安物の茶の匂いが、壁に柱に椅子に机に予定板にプリントにしみついてとれなくなったような天井の低い職員室。

「そう。そうか……。難しいなあ。人に本を薦めるのは」

先生の横顔を見て、安藤は前言を消しゴムで消せるものならぜんぶ消したいと思った。どうしようと焦《あせ》り、焦るなかで必死にアイデアを練った。どうしたら先生が笑ってくれるだろうかと。

きっと長かったさかいにや。ぼく、長いの苦手やさかい。もっと短い話、ないの？　そう言うのがいいように思った。でも、そうは言えなかった。そう言うのがいいと思って言うのが、汚い気がして。

「先生とはノリがちゃうんやな、わいはアホやし、ああいう難し話はピンと来《こ》うへんわ。教師やったら、ちょっとはそのへん見極めなあかんで」

すこしも思っておらず、すこしも言いたかったわけではないことを言った。ああ、また先生にさびしそうな顔をさせてしまう。安藤が自分で自分にがっかりしたとき、先生はきっとした顔で彼を見た。

「そんなことあらへん」

「え？」

「安藤くんはアホやない。そんなふうに言うもんやない。安藤くん、いっつもおどけてクラスを明るうしよと気ぃ遣《つ》こててくれるやんか。そんな気持ちの豊かな人がアホなことあるはずない――」

自分をわざと貶《おとし》めるのは、大人の謙遜《けんそん》である。大人になってからすることである。いまはせいいっぱい自分にうぬぼれて生意気でいて、それがどんなに幼稚でこどもだった証拠だったのかと、ちゃんとした大人になれたら、そのときわかる——。

「ちゃんとわかる大人になれたら、そのときにはじめて自分はアホやさかい、と言いなさい」

きっと安藤くんはわかる大人になれる人や。アホやない。先生は安藤から目をそらさなかった。

「わかった……」

安藤が言うと、先生の顔に明るいひかりが灯《とも》った。

「校門まで、いっしょに帰ろか」

「うん」

ヘッセの『車輪の下』が長いのがうれしかったように、長中の敷地がだだ広いことがうれしかった。職員室から校門までの長い道を、安藤は先生とふたりきりで並んで歩くことができた。先生は花のようないい匂いがした。

その日から、安藤は隠した。先生にはもちろんのこと、桐野にも、朋子ちゃんら女子にも、母親にも兄にも、自分の気持ちを隠した。好きや、梁瀬先生。そう思っていることは隠さなくてはならない。

ぜったいに知られてはならない。ぜったいに。だれにも。自分にすら。

少年にとって、だれか特定の異性に思いを寄せているという事実は、一世一代の「恥」なのである。

少年。それは、だれか特定の異性への特別な感情を、自分でも認めまいとし、認めたら最後、敗北になるのだと感じ、打ち消し、打ち消した以上は、そう、梁瀬先生に会うまでの安藤にとっての本のように〝ないも同然〟になる。

自分にも〝ない〟と偽り、なくした以上、この感情について考えない。それが少年という生き物なのである。考えるのは、すでに少年ではない生き物である。少女が想像する、架空の、少年という仮名の生き物である。少女のオナニーのためのバイブレーターになることは、少年にはできない。

少年は、多くの少女のように自分の性欲を否定しない。少年は、多くの初老の男のように自分の性欲の衰えと清い恋慕を混同しない。

十代の安藤は、毎晩、自瀆《じとく》に耽《ふけ》った。妄想のなかで、女たちはむきだしの乳房を安藤に揉《も》みしだかれ、パンティを剝《は》ぎとられた臀《しり》を彼に突き出していたが、その女が先生になることはなかった。それが幼い少年の聖域であった。

「ぼく、先生のこと、ごっつべっぴんやと思うわ」

好きだと告白するのでなければ聖域を犯したことにならない。安藤は素直に言った。

「いやあ、そらうれしいなあ。わたしも安藤くんのこと、すごハンサムやと思うわ」

学年で一番やと先生は言ってくれた。先生の外見を褒めるだけなら好きだと告白したことにはならないと安心しながら、先生が自分の外見を褒めてくれたことには、先生が自分への好意を告白してくれたのだとうぬぼれられる。それを少年の無垢《むく》だと表現することもできる。鈍感で幼稚な短絡だと表現することも。

学校に行くと先生に会える。先生を見ているとうれしい。なんもせんでも、ただ顔が見られたらうれしい。桐野かてそうやろ。そやさかい、あいつを呼んだろ。少年の安藤は思い、二年の女生徒を、先生に頼んで呼び出してもらった。

いつだったか。なんの用事だったか。先生の手伝いを桐野と安藤のふたりでしたとき、御礼に先生が夕飯をごちそうしてくれると言ったことがあった。

自分は先生が好きなことをぜったいの秘密にしているのに、桐野は自分に好きな女子がいることを隠さない。それは安藤に、ひどく自分をアンフェアな男のようにかんじさせていたから、借りを返すのに似た感情で、彼は桐野がその女子と会えるようにしたのである。

ところが、翌日、桐野は不機嫌だった。あいつと会えてうれしかったやろ、桐野。そう言った安藤に、桐野は暗い顔を見せた。

「あかんわ」

「なにが？」

「あかん」

「そやさかい、なにがや?」

「あかんさかいあかん。なんで昨日、おまえはあいつを『登美栄《とみえい》』に呼び出してもろたりなんかしたんや」

「うれしそうやったくせに」

「そやな。うれしかった。けど、あかん。会わへんほうがよかった」

「なんで? 饂飩《うどん》食べたあと話し合いでもしたんかいな」

「するかいな、そんなこと。ただ、あかんなと思《お》もたんや」

「きらいになったんか?」

「好きや」

桐野が自分よりはるか大人に見えた。なぜこんな恥ずかしいことを告白できるのだろう。なぜ自分の敗北を認められるのだろう。セーフと審判が言ったのに、自分はボールを落としていたと潔く手を挙げるように。

「きらいやないというのも好きやということにするんやったらな」

桐野がもっと大人に見えた。きらいやない、と、好きや、はちがうのだろうか。

「ほな、向こうがきらいになったと言いよったんか?」

「言いよらへん。受験勉強がんばってや、て励ましてもろた」

「よかったやないか」

もし先生が自分の手をにぎり、そんなことを言ってくれたらどんなにええやろ。自分だけにそう言ってくれたら。

「あかんことはなんもないやないか」

「あかん。あかんて気ぃついてしもたら、そら、もうあかんわ」

「なんで気ぃつくんや」

「そんなもん知るか。気ぃつくさかい気ぃつくんやがな。あかんもんに時間とられてるんはあかん。勉強に差し障りがある」

桐野も『車輪の下』を読んだのだろうか。彼の言うことはハンスの言うことのように、安藤にはよくわからなかった。意味を考えているとしんきくさくなってきた。なんやようわからんけど、そんなら会わんようにしたらええわと、彼が言おうとしたときである。

「安藤みたいに、梁瀬先生を遠くから見てるだけでよろこんでるのがいちばんええのかもしれん」

桐野が予期せぬ弾を、安藤の腹に撃ち込んだ。

「片思いにしとくのは傷つかんですむ」

さらに撃ち込んだ。自分より進んだ段階にいる者に対する尊敬のぶんだけの怒りが安藤の腹にみなぎった。あれほどひた隠しにしていたのに見透かされていたという屈辱も。

ここまでならまだ抑えられたさまざまな感情を、制止しきれなくなったひとことを、さらに撃ち込まれたときである。安藤は桐野を殴った。桐野は言ったのだ。

「センズリしてるぶんには、梁瀬先生も、いくらでも乳ゆすってケツふってくれるやろ」

許せなかった。野球部のバッターは副部長であるキャッチャーの顔にげんこを喰《く》らわした。桐野の鼻から血が出た。

「なにすんね、この……」

桐野が殴り返してきた。ぴかっとひかるようなものを目の前にかんじた直後、安藤は板の床に倒れた。倒れるときに、桐野の制服ズボンのベルトを摑《つか》んだ。殴り合いになった。きゃあ、だれか先生を。先生、呼んできて。やめて。ちょっと。早《は》よう呼んできて。女子の高い声の断片を耳にしながら、安藤は桐野を殴り、桐野から殴られた。

強い力で安藤のからだは桐野のからだから離され、桐野もおそらくそうされたのだろう、落ち着きをとりもどしたときはふたりとも保健室にいた。

「こんなだいじなときに、なにを喧嘩《けんか》なんかしてるの」

自分が喧嘩の理由だったことも知らず、先生は安藤の顔や手にやさしく絆創膏《ばんそうこう》を貼り、脱脂綿を鼻の孔《あな》に入れてくれた。

「はい、仲直りの握手して、ほら」

先生は桐野と握手をさせたが、両眼ともまぶたが腫《は》れ上がって視界がせまくなり、桐野のすがたはよく見えなくなっていた。はじめて先生の手にさわるのなら、こんな日じゃないほうがよかったと、安藤はさびしかった。

小さなみずうみのそばの部屋でひとり、安藤はほほえむ。安藤本人は気づいていないが、それは、十四歳だった安藤にほほえんだ梁瀬由紀子のようなやさしいほほえみであった。

（こどもやったんやなあ……）

追想のなかで、彼のことばづかいは、少年のころに住んでいた西のものになっている。

少年の、欺瞞《ぎまん》のプライドを充足するためのフィクションでは、ああいった喧嘩をしたあとのふたりの少年は、夕日の浜辺で肩を組んで哄笑《こうしょう》しあう。安藤の故郷は海のようなみずうみのほとりだったのだから、うってつけではある。

だが、安藤と桐野はその日を境に口をきかなくなった。

保健室で桐野は、最後の弾を安藤に撃ったのだ。捨てぜりふを。

それが一撃などではなく、しょせんは捨てぜりふであったとわかり、桐野とまた軽口をたたきあえるようになったのは、安藤が高校に入ってからである。少年ではなくなってからである。

だが保健室にいたとき、安藤はまだ少年で、桐野の最後の一撃は決定打であった。

〈梁瀬せんせはなあ、理科の榊原《さかきばら》のもんや。きっともう出血済や。そのうち結婚やろ。みごとに失恋やったな〉

ほとんど閉ざされた視界で、桐野が保健室を先に出て行くのを安藤は見た。

嘘や。嘘や。そんなん嘘や。心中で叫びながら、保健室の硬い枕に拳《こぶし》を突いた。すり傷だらけの拳を枕は冷く撥《は》ねた。痛かった。桐野の情報の真偽より、もう出血済という卑しい侮辱より、もんが安藤を抉《えぐ》った。相手が理科教師であろうがなかろうが、だれか特定のひとりの男のものであるという喪失感が彼を泣かせた。

やがて梁瀬由紀子は桐野の捨てぜりふどおり、長中の同僚教師、榊原宏祐《こうすけ》と結婚した。三年の公立高校受験の合否が発表された同日に、校長はふたりが結婚することになったと朝礼で生徒に知らせた。

〈安藤くん、合格、おめでとう〉

ヘッセの『少年の日の思い出』という短編が収録された本を返しに行くと、先生はそう言って、安藤の頭をなでた。三月の夕暮、湿り気を帯びた橙色《だいだいいろ》の職員室にもう他の先生はいなかった。

〈これは、おもしろかったわ。すご、よかった〉

〈そやろ？　この話、ええ話やろ？　わたしもいちばん好きやねん〉

いちばん好きやねん。好きやねん。好きやねん。いちばん。山彦《やまびこ》のように先生の声は安藤を攻めた。

〈合格祝いに、それ、安藤くんにあげる〉

〈ええわ〉

〈なんで？　もろといてえな。安藤くんがいまのわたしより年上になって、きれいな奥さんもろて、かわいいこどものお父さんになって、幸せに暮らしてたら、そんなときに……〉

そのあとのことばで、安藤はヘッセの本を受け取った。そのあとの先生のことばは、理科の教師と婚約したばかりの女の社交辞令としか響かず、安藤には嘘くさく感じられたが、自分も桐野に嘘をついていたのだから、受け取るべきだと思った。

〈おおきに。先生……〉

〈うん？〉

〈結婚、おめでとう〉

安藤が、思春期に決別して言うと、先生は思春期の少女のように頬を染めた。

〈いやゃわあ、あらたまって。ありがとう〉

初恋は実らない。

そう言ったのはヘッセだったのか。

それとも桐野が、そんなことをなにかの本で読んだと安藤に言ったのか。

わからないけれど、そのとき安藤は、先生を、生徒と先生としてではなく、男と女としてながめた。やっぱり花のようないい匂いがした。それでいて、もうその匂いは安藤を不安にさせることはなかった。

あのころ、なにか自分は行動すべきだったのだろうか。

いや。

行動すべきことを思いついたとしても、行動しなかっただろう。

行動できないから、あのとき自分は少年だったのである。桐野もまた。たちうちできなかった。ふたりとも、幼い時間というものの前で無力だった。ふたりに成熟の差などさしてなかったのだ。ふたりともこどもだった。

学校に行くと先生がいる。先生と会えるのはうれしいな。安藤はそう思っていた。桐野も似たようなものだったのだ。あれから十八年もたったいまでさえ、自分と妻を比すればわかる。女の速度に、男はたちうちできない。

桐野龍《りゆう》。

母親が拾った卒業アルバムを、安藤は、桐野の家を訪ねる理由にすることができた。桐野と〈仲直りの握手〉をする理由にできた。

アルバムを見、アルバムを返し、それを安藤に預けた桐野は、友人を自宅の門口まで送った。そこで、卒業写真の女子生徒について言った。

自分もおまえのように、彼女を遠くからながめていたにすぎなかったと。彼女とのあいだにはなにもなかった。なにもないまま、なにがあったわけでもなく、さいしょからなにもなかったことに気がついたのだと。

アルバムを預った安藤は、桐野を殴った日からわずか一年の後に、友人の気持ちがよくわかった。十代は一日で成人の何百倍も年をとるのである。

桐野はいま長命でなにをしているのだろう。「謹賀新年」という定型文に妻の名と、こどもの名と年齢を添えただけの年賀状ではない【近況】を知りたい。

自分のそれがさしてドラマチックなものでないように、友人のそれもそうであってほしい。平凡な暮らしのなかで安藤は妻とこどもを愛している。愛していると、桐野にならば恥ずかしくなく言える。桐野もそうであってほしい。

現在のような暮らしが幸せだと思えるのは、それは、自分がちゃんとした大人になったからである。

〈いまのわたしより年上になって、きれいな奥さんもろて、かわいいこどものお父さんになって、幸せに暮らしてたら、そんなときに――〉と、少女のような表情で、先生はあのときつづけた。

〈――若い日の、ほんの一年に、忘れられへんような感情の昂《たかぶ》りがあったなあと、ずうっとあとになって……、ずうっとあとになった日の、いつでもやのうてええの、どこか一瞬にでも思い出してもらえたら、幸せやさかい〉

と。

先生が、あくまでもヘッセの『少年の日の思い出』について、その物語を読んだ安藤の昴りについて言ったことであることはよくわかっている。

それでも、それはそのまま安藤の少年の日の思い出であった。

先生。

梁瀬由紀子先生。

明るくてかわいくて、いつも生徒のことを励ましてくれた。

どうしているのだろう。

いまも理科の先生となかよく暮らしているのだろうか。

安藤は、四つ目の段ボール箱に入っていた物をそっくりそのまま、もとにもどし天袋に入れると、

『スポーツ・インストラクターをしています。お近くまでお越しのさいはぜひ御連絡ください』

と、【近況】の欄にボールペンで書き、返信の部分を鋏《はさみ》で切った。それからは、ほとんど考えることなく、物をゴミ袋に入れていった。

「どう、かたづいた？」

妻がドアを開ける。

開けたところに、ぽっかりと隙間ができていた。

「上出来、上出来。ここに階下《した》の物を運んでくるわ。あなた、おりてきて手伝って」

「ああ」

妻には顔を向けず、彼女のあとについて安藤は階段をおりる。

「これだけよ。わたしも整理したから」

妻は台所の段ボール箱を指し、安藤を急にふりかえった。

「……。どうしたの……？」

「どうもしない」

埃《ほこり》が目に入ってしまったのだと、安藤は妻に虚勢を張った。

ゆびのあいだから、こぼれていった砂。

砂だと思っていたあのころの時間。

砂じゃなかった。

人生で最高に昂っていた時間だった。

どうしているんだろう。梁瀬先生。

「同窓会、行くの？」

「行かないよ、あんなもの、めんどくさいじゃん」

安藤は段ボールを抱える。

同窓会になんか行かない。

どうしているんだろうと思うけれど、どうしているのか知りたくない。いや、知らされたくない。

初恋は実らない。

実らなくていい。

梁瀬先生はきれいで若いまま、彼のゆびのなかにとどまっている。それでいい。それがいい。みんな未成熟のままでいい。青く硬いまま、そこにいればいい。卒業写真のように。

高瀬舟、それから

【6時　文英堂　8時前には帰らないといけない】

銀紙に記されていた。読書会のあと。もどった職員室で開いた。

図書室の窓を閉めるさい、カーテンで手元を隠して受け取ったガムの包み紙。

生徒の文字を読むと、教師は紙を捨てた。指に、他者の目を盗んでからみあった感触だけが残った。

文英堂は能勢《のせ》町にある本屋。長命《ちょうめい》市立公民館の真裏にある。このあたりでは唯一、岩波文庫が置いてある本屋だ。人口四万人の小さな町の知識層が利用するいわば箔《はく》付きの場所。どこへ行くのかと親から質問され、文英堂に行くと答えれば、子が外出するのを親はひとまず安心して許すような場所を、森本隼子《もりもとじゅんこ》はよく指定してきた。

こういうことには知恵がまわる。

河村礼二郎《かわむられいじろう》は、生徒の指定場所を名案だと認めながらも、軽視した。軽視しようとした。たとえ本人が見ておらずとも、だれも見ている者がおらずとも、この紙片の文字を見たあとには鼻で嗤《わら》うような行動をしておかないと、九歳という時間の優位、自分の年齢の優位が脅かされるような気がする。

九歳年下の教え子の文字は、この年齢にあるほかの女子生徒によく見受けられるような、まるまるしたものではない。日常生活の多くの場面で、怠惰で無神経で大胆に見える彼女の、一見とは裏腹に、漢字ひとつひとつの「のばす」「ハネる」が神経質とさえ形容していいほど、習字教則本のとおりに正確な文字である。同時に、女らしいたおやかさを欠いた武骨な文字である。

六時か。

銀紙の文字など見なかったような顔をしながら、河村は心中で復唱した。

❀

午後五時五十分。

文英堂に、約束した時間どおりに到着することはできそうもない。

河村が腕時計を見ると、梁瀬由紀子が謝った。

「どうもすみませんねえ」

彼女は河村と同じ国語科の教師だが、三年を担当している。すみませんということばは河村にだけ向けられたものではない。彼の車のそばにいる人間全員に向けられたものである。

「べつにええよ。ぼくはどうせ公民館に車を返しに来んとあかへんかったんやし」

理科を担当する榊原がほほえむと、彼につられるように梁瀬はこちらにほほえみを向けたから、

「ええ」

河村も、なにを了承しているのかわからぬまま肯《うなず》くしかなかった。

梁瀬、榊原という三年を担当する教師。それに三年の男子生徒がふたり。この四人が公民館にいたのは、長命市民芸術祭の準備のためだった。梁瀬はこの催しの実行委員だった。今年は試みとして、成人市民のみならず市内の小中高校生の作品を展示してみようということになったのである。が、高校受験を控えた三年を受け持っている梁瀬にはいい迷惑だった。

彼女は自分の担任クラスである3－2の生徒の、夏休みの自由課題として理科と国語と家庭科の教師に提出された作文や毛筆習字、刺繡《ししゅう》、発明道具といった作品から、かぎりなく独断に近いかたちで「よくできているもの」をかきあつめた。それらを段ボール箱におさめようとしていたのを、たまたま放課後教室で『中学英語スピードチェック』という問題集を互いにやりあっていた野球部の安藤と桐野がてつだった。

二箱の段ボールが教室のすみに並んだとき、たまたま榊原は理科室から職員用駐車場へ行こうとして、3－2の前を通過した。彼は公民館からワゴン車を借りていた。新しいスライド映写機とスクリーンを購入した長中では、古いほうを長小へ譲渡することになり、

それを長小へ運び終えた彼は、ワゴン車を公民館に返却しに行くところだった。

榊原は段ボール箱をワゴン車に乗せて公民館まで運んだ。若い女教師と男子生徒ふたりも乗せて。四人は、段ボール箱から取り出した物を、公民館の展示スペースに見栄えよく飾っていたのである。

そして河村はといえば、職員室で指導報告書を作成したあと、ぜったいに公には報告できない待ち合わせに向かおうとして、公民館の駐車場に車を停めて出てきたところで四人と会ってしまったのである。

〈あら、河村先生。ちょうどよかった〉

梁瀬に声をかけられ、なぜ彼女たち四人が公民館にいるのかを説明され、彼らを夕食をとるための店まで乗せることになってしまった。

〈桐野くんと安藤くんに御礼にごちそうをしたげるて言うてたとこやったんです。榊原先生は車を学校に置いたままやし、このへんは食べるとこなんかないし、悪いけど、ちょっと送ってってくれはらへん?〉

断れなかった。職場の二年先輩の傍らに立つ、三年先輩の、ほがらかな、相手が断る場合もあるとは予想しないすなおな依頼を。

河村は車にもどった。

榊原は助手席に、女教師と男子生徒ふたりは後部座席にすわった。運転席で河村は四人が目的地を決めるのを待つ。

「おふたりさん、なにが食べたい？　なんでもごちそうしたげるけど、フランス料理のフルコース以外のもんにしてや」

後部座席で梁瀬は教え子の男子ふたりに訊《き》く。

「あ、ぼく、フレンチがよかったなあ。期待してたのに」

そう言って榊原が車中を笑わせる。榊原は女子生徒はもちろん女教師にも、教育委員会女性職員にもＰＴＡの母親たちにも抜群の人気を誇る爽《さわ》やかな青年である。

「登美栄《とみえい》でええわ」

笑ったあと、安藤という男子生徒が言った。

「桐野の家の近所の登美栄。あそこの甘ぎつね、ごっつうおいしいねん。あそこにして。玉子丼もカツ丼もおいしいし」

「そうやな。ぼくたちも食べたあと家に帰るのもラクやもん」

「そうやな。ぼくたちも食べたあと学校にすぐもどれるし……。それから、あの話やけど、食べたあとでいいかな？」

榊原が後部座席をふりむく。

「あ、ええ……、そやね……なら、あとで……時間あるし……」

あの話、というのがなにを指しているのか若い女教師にはわかっているらしい。

「あそこやったら便利やと思うけどなあ、ぼくは」

「うん。それはわかる。けど、あそこ、値段的にはいいけど、ちょっとなあ……。まあ、あとで、くわしい言うわ」

〝値段的にいいあそこ〟というのが登美栄のことではないとは河村にもわかった。

「欲を言い出したらきりないで。妥当なセンやと思う」

〝あの話〟を持ち出した榊原はもちろん〝あそこ〟がどこなのか、はっきりわかっているらしい。

「河村先生、登美栄さんてお饂飩屋《うどんや》さん、知ってはる？」

梁瀬は、不意に〝あそこ〟の話をやめた。運転席のほうへ顔を出した。

「長命東小のほうやの。えっとね、道順は……」

登美栄の場所はだいたいわかった。梁瀬の説明を聞いたあと、河村はキーをまわした。

店なんか、先に決めといてくれ。そこなら俺が送るほどの距離でもなかったのに。しかたがない。店の前で四人をおろして別れよう。

そう思っていたが、梁瀬は彼も食事に同席するように勧めた。断ったが、明朗な彼女は彼が遠慮しているのだと思うらしく、また勧める。

仮に待ち合わせた時間が迫っていなかったとしても、3‐2の桐野と夕食をともにするのは気が引ける。桐野は森本とアンクレットとキーホルダーを交換しあっている生徒である。彼らと出会う直前にポケットに入れた避妊具がやましい。が、

「河村先生もいっしょに来てえな。わい、坂口とは家近いさかい、仲ええねん。レイチャン先生て、坂口がつけよったあだななんやろ。いっしょに来てえな」

　当の桐野から勧められ、じゃあ、と言うしかなかった。彼を避けているように思われたくない。それは、うしろめたさのある者特有の考えすぎであったが、河村は同席に応じた。ハンドルをにぎった。

「坂口から先生の話、よう聞くねん。そやから、わい、前から先生と……」

　言いかけた桐野を、安藤が遮る。

「あーあ、床屋の坂口なんか関係ないやろ。河村先生が二年の担当の先生やさかい、なにかと質問してみたいんやろ、森本のこと」

「っさいなあ、黙っとれ、安藤」

　河村の襟足を空気が流れた。桐野が安藤のどこかを叩《たた》いた動作が風をつくった。

「痛っ、そないに強《つ》よう叩かんかてええやないか、なんぼほんまのこと言われたからちゅうて。すなおに訊いたらええやないか。〝河村先生、最近、森本隼子さん、元気ですか〟て」

　河村の襟足にまた風が吹く。

「痛っ、痛っ、やめえや、桐野。梁瀬先生、桐野、やめさせて」

「やめてあげなさい、桐野くん。安藤くん、痛がってはるやんか。ほんまにしょうがないねえ。森本さんやて？　その人、桐野くんのガールフレンドさんなんやね」

「ちがいます」

「ちがうことないやろ。キーホルダー、もろてんのに」

「そやけど、そんなヘンなんとちゃうがな」

「ヘンて……。なにがヘンなんとちがうねん。しらじらしい」

　このあと安藤は、アクセルを踏もうとする河村の足を、ブレーキのほうに変えさせそうな提案をした。

「そや、梁瀬先生、森本も呼んだって。こいつ、森本が来よったらおとなしなりよるさかい。っ、痛っ」

「わかった、わかった。もう、安藤くんを叩くのやめなさい。いいわ、その森本さんていう人も呼んだげるわ、家、どこやの？　桐野くんと安藤くんの近く？」

「新朝日町《しんあさひちょう》……」

「新朝日町か。なら、ここからはちょっと遠いね。電話番号知ってる？」

「いいんです。呼ばんかて。べつに会いたいとかいうんとは違《ち》ごて。そんな、なにかヘンなんと違ごて、その、もう二学期やし、受験勉強もあるし、夏休みかて一回しか会うてへんかったし、これからももうそんなにゆっくりしゃべれるような機会もないさかい……」

「それを会いたいっちゅうんやろが、アホ。これでも、気ぃきかしたったんやで、感謝してほしいわ。梁瀬先生に呼び出してもろたらええやないか。学校の先生からの呼び出しやったら、森本んとこの家の人かて〝さあさあ隼子、はよ行きなはれ〟ってなもんや。よかったなあ、桐野………、痛ーっ。なんで味方を叩くねん、やめえ、て」

「もう、さわがんといて、ふたりとも……」

運転席に梁瀬がいくぶんのりだし、

「先生」

河村に言った。

「ほら、道路わたったあそこ、あそこに公衆電話がありますやん？　あそこで一旦《いったん》、車停めてください」

「……ええ」

アクセルを踏み、公民館の駐車場を出て道路をわたり、梁瀬に言われたとおり一旦停止した。そうするしかなかった。

「桐野くん、電話番号は？」

「20-25……」

野球部副部長は空で即答した。梁瀬は手の甲に番号をメモした。

「ほな、待ってて。森本さんっていう人の家の人にうまいこと言うてあげるわ。けど、都合悪いて言われたら、それはわたしのせいとちがうで。あとで文句言わんといてよ。それに安藤くんも叩かんこと」

女教師は電話ボックスに入る。

今、電話しても森本はもう文英堂に向かって家を出ているはず……。かけてもだれも出ない……。だが、そう言うわけにはいかない。

呼び出し音だけを聞いてすぐにもどってくるだろうと思っていたのに梁瀬はなにか話しているようである。

「文英堂さんに行きましたって、お母さんが言うてはった。適当に理由つくってお母さんの許可とったさかい、落ち着いて森本さんと話せるで、桐野くん」

では、いつものようにひとりで家にいたのではなかったのか。母親だけがいたのだ。たぶん父親がもどってから、森本の言うところの儀式めいた夕食になるから、あのメモは、だからそんなに時間がないという意味だったんだろう。

「文英堂さんならすぐそこやんか。車、もうこれ以上乗れへんけど、どうせ森本さんは自転車やろ。森本さんだけ自転車で登美栄さんまで来てもろたらええやんか。桐野くん行ってきて森本さんに、登美栄さんにいっしょに来《き》いなて言うてきたげ。な、照れてんと、はよ」

教師という職業を離れれば、ひとりの妙齢の女性である梁瀬が言い終わらぬうちに、桐野はドアを開けた。

「あ、そや。安藤くんもいっしょについてったげなさい。こういうことは一対一より、グループっちゅう雰囲気を強うしたほうが女の子は応じやすいんやで」

「待てや。そんなに焦るなや、桐野」

安藤が桐野を追いかけた。

「初々しいことやねえ。恋する少年少女は……」

走ってゆく男子生徒ふたりを、梁瀬は評する。

「自分には無関係のようなことを言うて、かなわんわ……」

榊原が言う。

「もう無関係やわ……」

「無関係なあ……。まあ、初々しいことはしてへんからなあ……」

「いややわあ、なに言うてんの……」

少年がいなくなった車中で、梁瀬と榊原は親密な男女だけが洩《も》らす低い笑いを洩らした。

なんだ、そうだったのか。

河村はふたりの関係に気づいた。〝値段的にいいあそこ〟とは、おそらく賃貸住宅のことだ。そこはおそらく彼らの新居なのだろう。

「河村先生は森本さんって子は知ってはるわなあ。二年の受け持ちなんやし」

河村がいることを気にした梁瀬は、話題を変えた。

「え、ええ……。一応、去年、担任でしたので」

「あ、そやったん。どんな子？」

下唇の左端にほくろがひとつある。それから右の肩甲骨の、いちばん高く隆起したところの、脊椎《せきつい》側にもひとつ。

「どんな子かなんて急に訊《き》かれたかて、河村先生、ひとことで答えられへんがな。いくら担任してたいうたかて、教えてる生徒は何百人もいるんやし」

榊原が後部座席をふりかえる。

「そやかて、3－6の××とか、3－3の××とか、3－1の××みたいなんやったら、自分かてすぐ答えられるくせに」

「それは男子生徒がよう口にするて、きみに言うただけのことやないか、あほらしいなあ」

やがて周囲から祝福されるであろう男女の会話を、河村は自分とは無縁の音響として聞き流す。

ひとしきり、それこそ初々しい、ある種の痴話喧嘩《げんか》をしたあと、梁瀬があらためて森本はどんな生徒なのかと河村に訊いた。

「あんまりうるさいこと生徒に言うてしめつけるのもなんやし、というか逆効果やとわたしは思《お》もてるんやけど、それなりに担任として、これでも気は配ってるんです。桐野くんは受験をひかえてるんやから……。森本さんて、どんな子？」

　多分に意地の悪い、生意気な、年齢不相応に斜にかまえた、そのくせ世の中の現実をわかっちゃいない、無礼な、他人の髪の毛を平気でざくざく切る、溶けるような肌のいやらしい女。

「……問題のない子です。読書の好きな」

　だが、河村は答えた。

「そか、それやったら安心やわ。健全なおつきあいをしてるんやったらええわ。コウちゃん、わたしらも応援しよよ」

　榊原宏祐をコウちゃんと呼んで、梁瀬は幸せそうだった。

　桐野と安藤がもどった。

「森本は自転車で行くて。車、出して、先生」

　頭を車のなかに入れるなり桐野はそう言った。五人は登美栄に向かった。

　妙なことになってしまった。

　秋の道路を走らせながら河村は思った。

「ここに停めといたら」

　住宅と住宅のあいだにあるスペースの前で、桐野が後部座席から言った。

「登美栄はもちょっと先やけどせまい道に面した店やさかい、ここしか車停めるとこないと思うで。ここ、車置き場やったんやけど、ここ、使《つ》こてはった家の人、ちょい前に引っ越ししはってん。そやから空いたるさかい」

　ならばということで車はそこに駐車され、車内の五人は車外に出て、登美栄めざして歩きはじめた。

　道幅はせまいが、わりに新しいプレハブ建築の家が建ち並ぶ界隈《かいわい》である。

「ここや、引っ越ししはった人は」

　歩いていくと、途中で桐野は指さした。長命にはめずらしい、煙突のある、煉瓦《れんが》の塀のある、古い洋風の家屋を。

「夜逃げしはったんやて」

　安藤が言ったとき、わーっ、と小さな生き物が、その洋館から出てきた。

「おばけやー！」

「お兄ちゃん、おばけが出たーっ」

「なんや、こら。なにしとるんや、おまえら」

　桐野は、叫びながら走る生き物をつかまえた。それは彼の小学生の弟と妹だった。

「おばけや。おばけが出よった」

弟と妹は桐野の胴に両手を巻きつける。

「おばけ？」

「そや。探検してたら、階段のとこに白いもんが見えた」

「あほらし。おまえら、勝手にこの家に入ってたんか？」

「玄関の鍵《かぎ》、かかってへんかったもん」

「ヒロナカさんは、シャッキントリから逃げていかはったんやろ、空き家なんやろ。そやったら入ったかてええやんか」

「TVがひっくりかえって椅子にすわっとったで」

「タンスのひきだしは開けっ放しやった。なかはガラガラやった」

弟と妹は兄にリポートする。

「そんなもん見てまわってんときなや、おまえら。なんぼ鍵がかかってへんかったていうたかて、勝手に入ったらあかへんがな。はよ、自分の家に帰れ。お母《かあ》、ごはんつくって待ってはるがな」

兄は弟と妹を、ヒロナカ邸の、道路をはさんで向かいにある家の門のなかへ押した。

桐野の家。ブロックの門。門のわきのガレージ。ガレージはかなり広いが、車よりも、灯籠《とうろう》や手水鉢《ちょうずばち》、なにか石の飾りなどが乱雑に置かれてスペースをとっている。

「お父《とう》、学校の先生や」

車の下に向かって桐野は言った。

「おう、いつも龍がお世話になっとりますなあ」

車の下から父親が声だけを出した。

「今日はな、先生に夕飯おごってもらうねん。登美栄で。お母にそう言うといて」

「そうでっか。えろう、ごっそさんです。おおきに」

作業着を着た父親は、ごそごそと車の下から顔を出してきた。

「ええんですの。そのまま修理、つづけてください」

梁瀬も立ち止まることなくきさくに父親に言って、五人は登美栄に向かう。

冬の寒い日に、熱い湯船につかった瞬間のような、熱いのになぜかきーんと肌の表面が冷たくなるような、実態を現実には知らないくせになつかしくなるようななにかを、河村は、桐野や、桐野の弟や妹や父親に対する接し方や、桐野の父親の梁瀬への応対に感じた。森本がなぜ桐野とアンクレットとキーホルダーを交換したか、その理由をかいまみたような気がした。

桐野の家から歩いてほどなくのところに登美栄はあった。住宅街のなかにある、商店街とも言えぬ、曾祖父《そうそふ》の代からずっとたばこ屋だったようなたばこ屋や、履物屋や、乾物屋といった、小さな店屋が住宅街にぽつぽつと並んだ通りに。

登、美、栄。紺色の暖簾《のれん》の布の三片に一文字ずつ、屋号が白抜かれている。田舎の町のどこにでもありそうな饂飩屋《うどんや》。

「森本さんは自転車やさかい、まだ着いてはらへんやろ。ここで待ってたげよ」

店の前に五人は立ち、女子生徒の到着を待った。榊原がたばこをとりだすと、

「もう、榊原先生、吸いすぎよ」

生徒の前ではコウちゃんと呼ぶのを控え、梁瀬がライターをとりあげた。そこへ森本が来た。

「おう、森本。桐野、焦《じ》れとったで」

安藤のひやかし。それを無視して、

「自転車、どうしてん?」

桐野は森本に訊いた。

「あっちの……」

夜逃げしたヒロナカ氏の駐車場のほうをふりかえり、桐野の〝ガールフレンド〟は答えた。

「たぶん河村先生の車やろと思もて、そこに停めてきた」

紺色の平凡な木綿のシャツを着て、平凡なデッキシューズをソックスなしではいていた。スカートも平凡なジーンズ地だった。だが、短かった。

「まあ、そんなスカートで自転車やなんて、勇気があるわ」

短いスカートはすこし梁瀬の顰蹙《ひんしゅく》を買った。それが教師としてではなく、ひとりの女として、もうひとりの女に対しての発言だと周囲に気づかれたことを即座に気取《けど》った聡明《そうめい》な梁瀬は、

「元気がいいんやなあ」

と、先の発言を性が介在しないものに変えた。

「本屋に行ってすぐにもどるつもりだったので、家にいたままのかっこうで……」

すみませんと森本は梁瀬に言う。いやいやべつにええのよ謝らんかてと梁瀬はみなを店内へと促す。

時間がなかったからだ。

河村は森本の洋服の選択の理由を推測した。

（飲み物だけを……。それならすぐに……）

暖簾をくぐるさい、森本は河村にだけ小声で言った。


安藤は大盛り甘ぎつねと小盛りカレーのセットを食べている。

桐野も同じものを。

梁瀬は、木の葉丼という、東京生まれの河村が京都の大学へ通い始めたころはじめて知った名前の丼を食べている。

榊原は親子丼を食べている。

森本は、芸術祭のことで呼び出されたのだったら帰宅してから夕食を食べなさいと母親から言われたからとコーラを飲んでいる。

六人がけのテーブル席に、河村、榊原、梁瀬。テーブルをはさんで梁瀬の前から順に、安藤、桐野、森本がすわっている登美栄。

河村はなるべく森本からはなれてすわろうとしたのだが、

〈どうぞ、先生〉

と、梁瀬から先にすわるように言われ、河村がすわると榊原がすわり、梁瀬が榊原のとなりにすわった。

〈わい、ここ〉

安藤がさっと梁瀬の前にすわると、桐野がつづき森本がつづいたから、結局、ふたりは向かい合った。見ないようにした。互いに。饂飩もカレーも丼もどうでもいい。なんでこんなとこで俺はこいつの前にすわってんだよ。顔も見られずに。

「河村先生、ほんまにええんですか、コーラなんかで。遠慮せんといて」

「遠慮しているわけではなくて、さっき職員室でコニーで買ったパンを食べてしまったから」

そんなものは食べてはいなかったが、河村は、妙なことになってしまった会食の場所からどう抜け出すかだけが気になり、ビールを飲みたいところだったが、車で帰宅することを考えて、結局、ふたりきりで密室で会うはずだった女子生徒と同じものを飲んでいる。

「なんや悪かったねえ、森本さん。あとで家でごはん食べんとあかんのやったら、こんなとこに呼び出してメリットがあらへんかったなあ」

「いいんです。会いたかったから」

森本の声だけを聞く。河村はコーラをついだ手元のグラスを見ているから、彼女がどちらを向いているのかはわからない。うっひょー、と安藤が高い声を出した。やかましい、と桐野が言った。

「こんどの市の芸術祭とか、学校の体育祭とか、行事もなにかとあるし、部活もあるやろけど、それはそれとして家に帰ったらコンスタントに復習はしていかんとあかへんよ。継続は力なりっていうやろ。まとめ勉強ってのは効果ないのよ」

梁瀬に同意して、榊原が学習参考書や問題集のいくつかを推薦し、ふたりの男子生徒は健康的に食物を咀嚼《そしやく》しながらも殊勝に教師のアドバイスを聞いている。

はやく食べ終わってくれ。

飲み物だけを注文し先に店を出るという計画は、いざ店にいっしょに入ってしまうとうまく進むものではない。

「桐野んとこのお姉さん、元気か？」

榊原が教師になった最初の年に、桐野の姉は生徒会長をしていたそうである。

「長中はじまって以来の女子の生徒会長やったんやで」

「そや。わたし、担任してたもん。桐野くんのお姉さん、よう勉強できたんよ。北濱《きたはま》高校にも行けたやろに」

県下一の進学校には、たとえ成績が優秀でも女子は行きたがらないと梁瀬は言う。

「家の人が、女の子やから北濱なんかに行かんかてええて言わはるのよね。やっぱりまだ男女差ていうのんはあるわ……」

「そんなことないわ。姉ちゃん、北濱なんかちっとも行きとないて言うてた。本人の意志や。兄貴が関高行っとって、よう話を聞いとったさかい、関高の雰囲気が好きやから関高にしよったんや」

「それで桐野くんも関高が第一志望なんやね。もうちょっとがんばったら合格圏やと思うわ」

「うん。森本も関高、来てや」

そう言ってから桐野は河村に訊《き》いた。

「先生、森本の成績、どうなん？　関高、来られそうか？」

「え、さあ……、それは来年になってみないと……」

そんなことを急に訊くな、桐野。

「気のはやい話やで、ったく。森本はまだ二年やさかい、そこまでおまえが他人の成績の心配せんかてええがな。森本の勉強のことは河村先生にまかしといたらええがな、なあ」

安藤が言った。

「おまえは森本からもろたキーホルダーでもこすって磨いとったらええんや。よけいなとここすらんと。それこそ受験勉強にさしさわりがあるで」

「アホ、なんちゅうこと言うねん、先生の前で」

桐野は真っ赤になった。

「先生の前で、とちがうやろが。森本の前で、やろ」

桐野は安藤の頭や顔を叩《たた》いた。

「痛っ、痛っ。さっきからもう何回、わいを叩いたら気が済むねん」

安藤を叩く桐野を、森本が制止した。

「森本さんは読書が好きなんやてね」

制止する女子生徒に、あたりさわりのない質問だと梁瀬が考えたのであろう質問をし、

「はい。今日は放課後、『高瀬舟』の読書会に出席してとてもたのしかったです」

と、生徒もあたりさわりのない答え方をした。目が合った。あいだにあるテーブルに腹が立った。

いつまでここにいるんだよ。

森本と桐野。榊原と梁瀬。清潔な二組の男女は、安藤に茶々を入れられながら、清潔な会話をかわし、河村はときどき相槌《あいづち》を打ってこの集いがはやく終わるのを邪《よこしま》に願った。

「あー、腹いっぱいになった。やっぱり登美栄さんとこの甘ぎつねとカレーのセットはめっちゃうまいわ」

安藤が立ち上がった。すぐに河村も立ち上がった。男子生徒と榊原が先に店を出た。

「ありがとうございます」

レジスターの前に立つ女教師に森本は頭を下げ、女教師が勘定をしているさい、彼女のうしろに立っていた河村の指先を一瞬、にぎった。彼もにぎりかえした。

＊

「先生ら、どうもおおきに。ほな、わい、帰るわ。桐野、さいなら」

登美栄のすぐ左の路地に安藤が消え、

「じゃ、桐野くん、今日はありがとね。河村先生もどうもすみません。なんや、かえって時間とらしただけみたかったけど」

「ぼくら、ちょっとしゃべりがてら歩いて学校にもどりますわ」

倫《みち》をふみはずさぬ恋人たちは右へ歩いて行った。

桐野と森本はならんで前を歩き、そのあとに数歩離れて河村はつづく。足が目に入る。

あいつもまずあれにヤられたんだろう。

さっき父親が車の下にもぐっていたガレージの明かりは消えていた。

「あそこが、わいの部屋やねん」

ガレージの上に位置する二階を、桐野は指さす。

「前、電話で言うたやろ。そこの家のヤンキーねえちゃんのこと——」

自宅真向かいを、つづいて指さす。

「——兄貴と同級やったときはまじめな人やったのに、中宮《なかみや》商業行ってから性格変わってしもて……。なんや、夏休みの終わるころからな……、そこで——」

ヤンキーねえちゃんの家のとなりは、借金の取り立てに追われて夜逃げしたヒロナカ邸だ。古いモノクロの日本映画に出てくるようなその洋館の門は、道路からいくぶん奥まっている。

「——ヒロナカさんの玄関前のそこ、ちょっと道幅が広うなった塩梅《あんばい》になっとるやろ、あそこでな、長《な》っがいこと男が、ヤンキーねえちゃんがしたくして出てきよるのを待っとんのや」

「うるさい音楽をかけてはるて言うてた人？」

「そや。がちゃがちゃ、がちゃがちゃと、なんややかましい音楽かけて、車のライトつけて。そやさかい、そのあいだは勉強《べんきょ》なんかしてられへんがな。迷惑なことやで」

「毎日？」

「いや、毎日とはちゃうけど……」

桐野は自宅の門の前で立ち止まった。

「自転車やろ。気ぃつけて帰りや、森本」

「うん。受験勉強、がんばってね」

森本は〝ボーイフレンド〟に手をふる。

「ほな、先生、失礼します」

桐野が家の中に入るのを見とどけ、残ったふたりは歩きだした。だまっていた。

数歩、歩いたところで、男は女の手首を摑《つか》んだ。すぐそこにある密室へ方向を変えた。

さきほど探検ごっこに興じていた桐野の弟と妹が、おばけが出たと飛び出してきたヒロナカ邸。

無人の空き家の暗い玄関。ヒロナカ氏が持ち出そうとしてあきらめたのか、ひとり掛けのソファの上に逆さまになったTVが置かれていた。玄関の床と廊下の段差でかしいだT

Vを載せたソファの前で、男は女を腕のなかにきつく納めた。女も男の胴体に腕を巻きつけた。

頬の肉が醜いまでに窄《すぼ》まってしまうほど強く、互いの口を吸う。

森鷗外《もりおうがい》の『高瀬舟』の読書会がはじまったのが午後三時半。同じ図書室にいるのに一時間も待たねばならず、そのあとさらに一時間半待ち、饂飩屋の狭いテーブルをはさんで、すぐそこにあるのに求めあうことができないまま、さらに一時間以上も待たねばならなかった果ての口を。

互いの唾液をのみこむふたつの喉《のど》が大きく上下する。

泣いていない。だがふたりとも、泣いているような息を洩らした。唾液が唇の端からたれて、たれても相手の唇を吸うことをやめない。

会いたかった。

数カ月のような四時間だった。わずか四時間でふたりは飢えていた。

女の腕は男のスーツの上着とシャツのあいだに侵入して交差する。男の肩と腕はもどかしく動く。上着を脱ぐために。女の肉をより感じるために。

なにかの果実がぼとりと枝からもげるように上着が落ち、それをまたいでさらに男が女を抱くと、女は男の皮膚を直接さわろうとし、ベルトから乱暴にシャツをたくしあげた。

男の皮膚に密着した女のてのひらが交差する。

男の手は女の乳房を摑む。摑むとき、靴が脱げた。男の左足に玄関の石の床の冷たさが直接つたわる。

女の木綿のシャツの下で、女の背中を、男のてのひらが大きく旋回する。背骨に沿って上下する。肩甲骨のあいだで、つつと指が小さく動く。

そうすると女は立っていられなくなる。膝から力が抜けてしまうのである。いつもそうだ。女の靴も片方脱げた。男は女をソファの背にもたれさせる。

短いスカートの下に男の手が入る。男が待ち、女も待っていた部分を、パンティの布越しに男はさわる。早熟な肉体が、さらに熟するように彼自身が拓《ひら》いた部分は夥しく濡れてゆく。女の胴体はしなって、男に巻きついていた腕が下に落ちる。抜けた力をふりしぼるように、女は男を押し退けようとする。

「来る……。人が……」

男がちゃんと内側から鍵《かぎ》をかけるのを見たはずなのに、玄関のドアを女は気にした。

「来ない」

耳朶《じだ》に口をつけて言う。

「二階に明かりがついた。勉強してるよ」

来るかもしれない人間を、ただひとりだけに限定した。

悪い、みだらな表情が彼女の顔に浮かんだのが彼に見えた。細い通りに車が停まり、そのライトが顔を照らしたのである。〈がちゃがちゃと、なんややかましい音楽〉が響いた。

「桐野は――」

十五歳の少年は勉強ではないことをしているかもしれない。少年の日常を、自分もかつては体験した。そういう行為のさいに、桐野は彼女のことは考えまい。そういう行為のさいに彼女を想像するのは不謹慎だと思うような野球部の副部長だから、彼女は彼と安物の金属を交換したのだ。

「――まさか真下で、穿いて帰れないほど濡らしちまってるとは思わない」

彼は彼女の身体を反転させた。彼女から身を離した。背後から生徒に命じた。スカートを上げて、パンティを下ろすようにと。生徒はすぐには命令に従わなかった。

「はやく」

「……」

「今日は時間がないから、そんな短いスカートを穿いてきたんだろ。どこで抱かれてもいいように」

俗悪な揶揄《やゆ》であるとわかっている。状況を煽《あお》り自らも煽られる。

女の肩がわずかに上がった。深く息を吸ったために。下がった。吐いたために。そして、女は手をスカートの裾《すそ》にかけた。

車を停めたドライバーは、桐野が言ったとおりヤンキーねえちゃんを待っている。玄関のドアを囲む磨《す》り硝子《ガラス》越しのライトは女の挙動を照らす。

スカートの裾にかけた女の手の指がまがる。太股の左右で。指をまげた手の、肘《ひじ》がまがる。ジーンズ地のミニスカートがまくれあがった。

下半身をタイトに覆った短いスカートを、胴のくびれまでたくしあげるためには、女は、下《げ》賤《せん》な職業とされる職業に就く女のようにいくぶん臀をふらねばならなかった。下賤にふった臀はほとんど剝《む》き出しである。

ビキニパンティは、それ自体のデザインは簡素なものだ。リブ織のグレー。磨り硝子越しのライトだけでそれがわかるのは、別の日に、そんな下着一枚だけでのびやかに両手を上げて食器棚からグラスを取り、まひるまの台所で水を飲むすがたを、もう何度も、男が見たことがあるからである。

空き家の玄関で、通りに停められた車のライトだけでは、その小さな下着が湿潤に変色したぐあいまでさだかには認識できない。が、あれほどまでに男にさわりまくられて、よじれて臀の肉の割れ目に食い込んでしまっていることは見てとれる。

隠す機能をほとんど欠いてしまったパンティは、しかし、それがかろうじてであろうと臀部にあるのとないのとでは、女にとって羞恥の感覚がちがう。ちがうだろうと男は女の感覚を想像して嗤い、欲情する。

「はやく」

かろうじて残された羞恥の防波堤を、自らの手で破壊することを、男は女に命ずる。ぷあーっ。車を停めたドライバーがクラクションを鳴らした。

自分の肉体に食い込んだ小さな布を剝がすために臀を突き出し、女が自分でそれをずり下げるのを見た男はコンドームをペニスに装着する。

短いスカートを、臀をふりながら胴のくびれまで自らたくしあげなくてはならなかった女。責め縄のように臀の肉の割れ目に食い込んだ布を、自ら臀をつきだして膝までずりさげねばならなかった女。女の、羞恥を凌駕する淫蕩を想うと、化学樹脂に覆われてさえも男の屹立したペニスはさらに硬くなる。

耐えられなくなり、男は女に挿入する。深海の生物のように女の性器は彼の性器を牽引《けんいん》し吸引し搾取する。はっと短い息が女から洩れる。もっと牽引し吸引し搾取する。すげぇぜ。下卑た形容が男から洩れる。淫蕩に濡れきった顔を見ようと、男は女の身体を自分に向ける。

と、車のライトに照らされた彼女は、予想外にも唇を嚙みしめ、硬く閉じた瞼にくやしさを滲《にじ》ませていた。衣類が自分の足の枷《かせ》になっているのが彼はもどかしい。

「抱かれたかったんと違う」

彼女は彼の胸に顔をうずめ、シャツの裾から腕を背中に入れ、その皮膚を強く掻いた。

「セックスしたかったの」

爪が皮膚を抉《えぐ》る。

「抱かれるんと違う。セックスするの。先生と対等やの」

対等やの。繰り返された。

「だって、したかったから。したいんやから、それは本当なんやから、そやさかい……」

そやさかい……。先はつづかない。

彼の胸に秋のように沁《し》みる、温かな、いとしさがこみあげる。彼女のうなじを吸った。喉のわきを吸った。

「いい、もう。言わなくて」

抱かれるんやない。セックスするの。対等やの。対等やの。だが彼女は繰り返した。言わなくていい。わかったから。だから彼は繰り返した。ことばを失った口はふたたび強く吸い合われる。かわいい、かわいいよ、森本。彼らは立ったまま激しく交接した。

夜逃げした人間が見捨てたゴブラン刺繡のソファは、バネが一ヵ所飛び出していた。やがて、やかましい音楽は消え、空き家の玄関はまっくらになった。

汝、病めるときも　すこやかなるときも

いとこ同士で結婚すると劣った子が生まれる。

わたしにこう言ったのは、お寺の和尚さんでした。わたしはずいぶん長いあいだ、このひとことにおばかさんだと思われるかもしれませんが、わたしの父母はいとこ同士の結婚でしたから……。

とに脅《おび》えておりました。わたしの父母はいとこ同士の結婚でしたから……。


ごめんなさい。わざわざ東京から来てくださったというのに、こんなうっとうしい話を持ち出して……。党のほうからはもう推薦人のこと、連絡来ました？　あ、そう。

どうぞ、それ、お召し上がりになってください。いま、お茶をさしかえさせます。いえいえ、いいんです。わたし、今日は午後に予定していたことがみんな変更になってしまったので、時間はちっともだいじょうぶです。奥さまからいただきましたお手紙の件はよくわかりました。塔仁原《とうじんばら》も了解しておりますし、義兄《あに》もきっと協力してくれると思いますの。都下ですと選挙区も多いですからね、よくわかりますよ。

これを。とりあえずはそれくらいでだいじょうぶじゃないかという額を入れさせていただきました。

そんな、頭は上げてください。ずいぶんためらわれたでしょうことまで話してくださってありがたいと思っております。さぞかし、お辛《つら》かったでしょうに……。

よく降りますね、雨……。

いいえ、さっきね、うっとうしいこと申しあげてしまいましたのは雨のせいばかりではなくて、奥さまが、自分は議員の妻がつとまるような性格ではないとおっしゃったので……、わたしもそう思っておりましたから、つい……。

こないだの選挙のとき？　そんな、とんでもありません。わたしなど、ぼうっと塔仁原の横にいただけじゃありませんか。塔仁原がよくしてくれるからなんとかなってるだけなんです。

ええ、それはね……。それはほんとにそう思います。めぐまれた結婚をしたと、ほんとうに神さまに感謝しています。あの人が夫じゃなかったら、わたしなんか……。

いいえ、明価《めいか》会《かい》のほうの行事はぜんぜん出席いたしておりません。苦手なんです、ああいうサロン的なところ。

ええ、わかります。このあいだ、そのお話はちらっと……。だから……、こんなふうに申しあげては失礼かもしれませんが、わたし、奥さまにはなんとなく親しみを抱いていたというか……。

それに中学まではこちらにいらしたって伺って、なんだか御縁をかんじて……。たしか四学年下でいらっしゃいましたよね？　じゃ長中がまだ古い校舎のときですよね？

ええ、ええ、おぼえてますとも。あの金切り声の家庭科の女の先生。いまでもお元気ですよ。スーパーでときどきお会いいたします。なつかしいですね、あのおんぼろ校舎。じゃ、秀徳寺《しゅうとくじ》もおぼえておられますか？　関川《せきかわ》に行くほうに以前あって……、ああ、そうでしたそうでした、みんな幽霊寺って噂してたんですよね、あの小さなお寺。実家からは車で十分ほどのところだったのですが、こどものころは家からうんと遠いところにあるように感じていました。それに、田んぼのなかにぽつんと建っていたし、門前も灌木《かんぼく》の繁《しげ》みだったから、だだっぴろいかんじがして……。あそこの和尚さん、わたしが中学二年のときに入院されて、そのまま……。ええ、病院で……。たしかそうだったと……。

そうです。その和尚さんです、さっきのこと言ったのは……。

え、なぜですか？　そんなうっとうしい話を？　たいした話じゃないんです。こどものころの自分の性格からすると、選挙カーに同乗するなど想像もできなかったっていうだけの話です。

どうして、そんな……。わたしの話なんかお聞かせしたって……。ほんとですか？　そうおっしゃるなら……、じゃあ……。

うちは秀徳寺の檀家《だんか》だったわけではありません。たまたまうちの田んぼの近くにあのお寺があったんです。

実家は代々農家でした。むかしは殿沓《とのくつ》村っていったあたり。「殿沓・は・弐拾参番地」。

家を建て替えたときに取り外したという先代からの表札を、祖父が大事にとっておりましてね、そう書いてありましたよ。「は」っていうのがね、いかにも古くさいですね。むかしは、五十音順よりいろは順のほうがなんにでもよく使われたのでしょうね。

その「は」の「23」に大きな家があって、一族みながいっしょに住んで、その家のまわりに二丁ほどの田んぼがあったそうですが、戦後は家を小さめに建て替えたのです。分家もしましてね、分家するさいに田んぼも売って、売った金で分家はべつの田んぼを買ったりしました。農業に就かない者も出ました。

わたしの母は本家の三姉妹の長女で、父は分家の三男で、いとこ同士で結婚したのです。なので、本家のぶんの田んぼにくわえて、分家の三男ぶんの田んぼとがうちの田んぼになったんです。でもそれは二反だけで、家からはちょっと離れたところにありました。「離れ田」と、うちでは呼んでました。その「離れ田」のひとつが秀徳寺のとなりにあったんです。

あと一週間ほどでいよいよ小学生というじぶんの春の日のことでした。ちょっとくもった、でも雨は降りそうにない、なまあたたかい日……。

わたしは、母が田んぼに行くのにくっついて行ったのです。

家のそばの田んぼは数反あるので、父がおもに作業してましたが、「離れ田」のことは、一部を畑にしたりしてましたし、田植えや収穫どき以外は、てつだいの人も頼まずに母がひとりで作業してました。

　母が田んぼにいるあいだ、わたしはお寺のなかで遊んで待っていました。たぶん、この日の前にだって和尚さんを見ているはずなのですが、おそらく遠くから見かけたにすぎなかったのでしょう。もしかすると、お寺のなかで遊んで待っていたといっても、境内のはしっこの、入り込んでもよさそうな場所で、絵本を見たり、持参の人形を抱いたりするていどで、こどもごころには長い時間に思われましたが、じっさいにはそんなに長い時間ではなかったでしょうから、出会ってなかったのかもしれません。

　とにかく、わたしとしては、その日、はじめて秀徳寺の和尚さんと相対したんです。

　夕方でした。

〈十二時のとこになったら門のとこへ来《き》いな〉

　母が腕時計をポケットに入れてくれていました。

　このとき五歳のわたしは、まだ時計が読めなくて……。十二時だけわかったものですから、母は作業の時間ぶんを引いた時刻に針を合わせてくれていました。とてもこまやかな気づかいをしてくれる母で……あの、無事、退院しましたせつは奥さまからもご丁寧なお品を送っていただきましておそれいります……、それで、読めなくても、読める時刻に近づいてくる時計がポケットにあることで、わたしはすごく安心できました。

　時間が「十二時」になりかけていたので、わたしは門のほうへゆきました。そのさい、まるい敷石を両足で跳んで進んでいました。うつむいていて、次の石に跳ぼうとしたとき、黒い鼻緒の下駄《げた》が目に入りました。頭を上げてゆくにしたがって、茶色っぽい丹前と、怒ったような和尚さんの顔。

和尚さんは、行く手をさえぎるようにわたしの前につっ立っていました。

「さようなら」

いつも父母から、挨拶《あいさつ》はちゃんとせよと言われていたのですが、いきなりの出現におどろいたのと、和尚さんの表情にびくついて、蚊の鳴くような声になりました。

和尚さんはなにも答えてくれず、さらに口をゆがめ、ぎゃあっと大きな声を出したんです。

わたしはすくみました。すくんでいるわたしに、和尚さんは、ぐ、ぐ、と近よってきて、ますます口をゆがめ、ひょっとこのような顔をして、耳から垂れているへんな紐《ひも》をゆするのです。

聞きようによってはおかしいかもしれませんが、おかしい顔つきや動作って、ものすごく怪異でもあるでしょう? 五歳のわたしは怖かった。とても。

門の外には母の軽トラがとまっているはずなのに、門のこっちがわとむこうで「領地がちがうのだ」といったような、こども特有の感覚に縛られてしまって、一歩も動けません。

春の陽気でまくりあげていたシャツの袖《そで》から出た上腕や、お墓でスキップの練習をしていて苔《こけ》にすべってころんだときに汚したスカートから出たふとももに鳥肌がたっていました。

「名前や。名前わいな」

紐をゆすってから、和尚さんの声は小さくなり、やっと名前を問うていることがわかりましたので、わたしは姓名を、旧姓のほうですね、それを答えました。

「ああ、星澤《ほしざわ》さんとこのかいな。いとこ同士でいっしょにならはったっていう……」

そして、つづけたのです。

「いとこ同士で結婚すると劣った子が生まれる……」

わたしが聞き取れたのはこの部分だけです。あとはまた、なにを言っているのかよくわからなくなりましたが、そんなに長くはつづかず、ほな、さいなら、と、そっけなく、というより冷たくつきはなすように、和尚さんはわたしの横を通りすぎてゆきました。わたしは一目散に母の軽トラまでかけてゆきました。

「頼子《よりこ》」

母がわたしの名前を呼ぶその声は、いつにもましてやさしく聞こえ、そのやさしいことがわたしを泣かせました。

「待っててくれておおきに」

母がドアを開けてくれるやいなや、わたしは泣きながらしがみつきました。

「おかあちゃん、怖い」

「怖い？　どないしたんや？」

母はわたしの顔をのぞきこみましたが、そうすると母のからだがはなれるので、わたしは頬を母の首にぎゅっとつけて、手も背中にぎゅっとおしつけて、すこしでも母とくっつこうとしました。それほど怖かったのです。「劣る」という語を、当時のわたしは知りませんでしたが、どういう意味なのかはなんとなくわかり、ものすごくいやな気分になりました。そして「劣った子」という言い方や、「劣った子が生まれる」という部分の「生まれる」に、なにか逆らえないような、怖いものを感じました。

怖かった理由を母に説明したかったのですが、どう言ったらいいのかわからない。

「カマキリがいよって、怖かった」

わからないから嘘をつきました。

「そうか、もうカマキリがいよったんか。えらい気の早いカマキリやなあ」

母はわたしの頭を撫《な》でました。

「もう、どうもないがな。カマキリはおらへんがな」

やさしい母がそう言うから、わたしはほんとうにカマキリが怖かったような気になり、泣くのをやめて、ハンドルをにぎる母と手はつないでもらえないので、カーディガンの裾《すそ》をぎゅっとにぎって、家に帰りました。

これだけのできごとなんですが、和尚さんの顔とことばだけが、わたしの胸に怖《おそ》ろしい影のようにずっと残ってしまったんですね。怖い、怖いと思いながら、いつのまにかわたしは、小学生なりに、TVのニュースや、大人の人の立ち話などで、どうやらこれは遺伝や血縁についてしゃべっているらしいとわかると、耳をそばだてて聞く子になりました。

　いまからすればさっさと父母に打ち明ければよかった。でもね、なんだか、いとこ同士で結婚した父母に言うのは悪いような気がしてできなかったんです。

　翌年の暮れに弟が生まれたのですが、「生まれつきの虚弱だ」と祖父母が話しているのを聞いて、「虚弱」の意味はわからないまま、「生まれつき」という語音にふるえてしまって、よけいに父母には打ち明けられなくなったんです。あの呪いはほんとうのことだったのだ、といったように思い込んでしまって。

　わたしが小学校の二年に上がりますと、この弟が喘息《ぜんそく》を発症いたしました。影は疵《きず》となってわたしを脅かしました。

　弟の苦しそうな咳《せき》が、呪いのしるしのような気がしたし、わたし自身も「おまえは劣った子なのだ」と神さまから言われているような気がしました。和尚さんが言うんだからまちがいない、って。ほんとにこどもでしたよね……。

幼稚園のころはまだ弟は生まれてなかったから、祖父母や父母からかわいがられていてのびのびしていて、背も高かったので、どちらかというとともだちのなかでは活発なほうだったわたしでしたのに、小学校ではひたすら引っ込み思案な生徒でした。

みんなと仲よくしたくても、劣ったわたしなどが話しかけても相手はうれしくないような気がしてしまい、おどおどしてしまうの。でも話しかけられるとうれしくて、もっと仲よくしたいのだけれど、どうするともっと仲よくなれるのかまではわからない、そんな目立たない生徒でした。

小学校の低学年のころというのは、女子には必ず、リーダー格の……そうですね、奥さまの言い方のほうがぴったりですね、リーダーというよりも女王といったかんじの人がいて、その人のことも怖かったですねえ。よく、辛《つら》く当たられましたよ。

でもね、いまはわたしにはその人の気持ちがなんとなくわかるんです。その人が、右を向けと言えばいつまでも右を向いて、左を向けと言えば左を向いて、理不尽な命令であっても、したがっておけば事が済むのであればそれでいいと思って過ごして、波風たてぬようにしていたけれど、「事が済む」と思っていることが、その人を苛々《いらいら》させたのでしょうね。

だって、これって、心の内で鼻をつまんでやり過ごしているのと同じでしょう? それを敏感に、その人、察知したんだと思いますよ。

ほんとうに辛かったら、鼻をつまんでやり過ごすなんて余裕のあることはできない。できたのは、わたしには我が家という確固たる居場所があったからです。

祖父母は孫のわたしにも、病弱な弟にも当然、やさしくしてくれましたし、婿養子である父にも、義父母であると同時に伯父伯母なわけですから、父に肩身の狭い思いをさせるようなことはなく、かえって勝手知ったる者同士、ざっくばらんなつきあいといったふうでした。

ただ、やはりすこしは心配はあったようですね。父母の結婚については……。

でも当人たち、つまり父と母がですね、それはもうお互いに好き合っていて、その仲むつまじさは、親戚《しんせき》ですから祖父母にもよくわかっていたらしく、結果的には仲のよい夫婦になるのがいちばんの幸せと考えたようです。わたしはそう考えてくれた祖父母にも感謝しておりますし、わたしが主人と結婚したのも、そもそも、主人にひかれたのも、自分の父母の夫婦のあり方の影響が大きかったと思います。

「離れ田」に行く日とか、町内の寄り合いに行く日とか、どこそこに行く日とか、はっきりわかっているときじゃなくて、在宅しているときに、ストーブの灯油を入れに軒下に出たり、回覧板をまわしに出たり、ほんのちょっと家から母が出るときがあるでしょう？そんなとき、父は「のぶちゃんは？」「のぶちゃんは？」と、ちょっとでも母のすがたが見えなくなると、家のなかでもいつでも言っておりました。ええ、母の名前は信子《のぶこ》です。

ほんとに仲のよい両親です。いまだに、のぶちゃんですから……。よく夫婦なのに、相手のことを「お父さん」「お母さん」と呼んでいる人がおられるでしょう。あれはわたしにはかなしい。だって「お父さん」「お母さん」というのは、こどもからの立場でしょう? ひとりの男性とひとりの女性というふたりの人間のつながりはどこへ消えてしまうんでしょう。わたしは、家柄とか学歴とかそんなものじゃなくて、両親のようにいつまでも仲のよい夫婦でいられる結婚をしたいと、結婚についての夢はただそれだけでした。

こんな小さな町の、同い年の住人同士ですから、塔仁原のことは小学生のころから知っておりましたけど、さいしょは、いつもさわがしい人だなあとそのていどの印象しかなくて……。

中学の二年のときに同じクラスになったのですが、学年に三人、男子のアイドルみたいな女子がいて、そのひとりに熱をあげていて、わたしのことなんか目に入ってなかったと思います。

わたしのほうは彼に対しては、あいかわらずさわがしい人だという印象はそのままでしたが、プラスして、好感を抱くようになりました。でも恋心というのとはちがいました。異性に対する好感というのとはちがった。

塔仁原の、遠慮せずにぱっと自分の家にあがってきてくれるかんじとでも言えばいいでしょうか、引っ込み思案なわたしには、彼の、相手に対して垣根を作らないあけすけな態度が、父の母に対する態度を思い出させるようなところがあったんです。

　くりかえしになりますが、祖父母も父もやさしい人で、母はとりわけやさしい人でした。自分の肉親のことをひとさまの前で褒めるのはあまりかっこうのいいものではないかもしれませんが、それでもわたし、両親のことは尊敬しています。だから塔仁原の両親にも敬意を払えるのだと思うんです。

　わたしは母が声をあらだてたり、きついことを言ったりするのを、一度も聞いたことがありません。よくないことをわたしがしたときは叱られましたが、なぜそれがよくないかを丁寧に話してくれるので、叱られると心から反省できました。

　ただ、いつも一歩身をひいているところがあって、これは、日本女性には美徳ともされるのですが、言い方をかえれば、引っ込み思案でもありますし、場合によっては、自分のまわりに垣根をこしらえてしまっているように見えたりもしますでしょう？　そんな垣根を、父はポンと飛び越してしまうように、母にあけっぴろげに接していたのです。

　なので、塔仁原の、人によってはうるさいと感じられるような元気さも、わたしのような者にはちょうどよくて、あくまでもクラスメイトとして好感を抱いていました。

　二年になってはじめての定期考査のあと、わたし、ひとりでぽつんと駐車場にいたんです。

おんぼろ校舎時代の長中の体育館のわきに教職員用の駐車場があって、そこにブロックの棚みたいなものが……そうそう、おぼえてらっしゃる？　あの瓦《かわら》の屋根のついたブロックの棚のあったあそこ、あそこです。あの棚、長中がお墓だったころの桶《おけ》の置き場だったのですって。あの棚、仕切りが一部なくなってしまっていたから、ちょうどベンチみたいにこしかけられたでしょう？　そう、屋根もついてますしね……、そこにこしかけて、ゆううつになってたの。最終日の最終科目の数学のテストのできが、採点されなくったって、もう最悪だったことが自分でよくわかって……。数学の先生、厳しい先生だったから……。

当時はまだ……、車で通勤している先生ってすくなくて、それとも中学の近隣に住んでらした先生が多かったのかしら……、駐車場には四、五台とまっているだけでした。そのうちの一台が目にとまって、それ一台を、ぼんやり見ていました。車の型とか名前とか、そういうことは女の子だったわたしには興味なくてわからなくて、その一台に気をとめたのは、そのプレートのナンバーが「は－23」だったから。うちのむかしの番地といっしょでしょう？

紺色の新しい車でした。それが陽春のひかりを反射するのがきれいで、自分のうちの番地がさんさんとひかりを浴びているのがまた、数学のテストのできの悪さと対照的でかなしくなりましてね……。思春期だったから、なんにでもすぐおセンチになってしまって、自分は「劣った子」なんだと思われて、涙がにじんできた。そのとき、肩に手を置かれたんです。

「どないしたんや？」

塔仁原でした。

わたしは泣いているところを見られたかもと恥ずかしくて、すぐに、ううん、なんでもないと笑って言おうとしたのですが、彼の、いつもさわがしい教室での態度とはぜんぜんちがう、しずかな、心配そうな顔に、ありがたいやらほっとするやら、秀徳寺の和尚さんとはじめて会った日に軽トラのドアを開けてくれた母の声を思い出すやら、なんだかいろんな感情がいっせいに胸にわきあがってなにも言えず、気づいたのは、つつと自分の頬を涙がつたった感触だけでした。

陸上部だった彼は部活動のかっこうをしていました。

「部活、行かなあかんけど、サボッたろかと思《お》もて、ぶらぶらしとったんや。そしたら、なんやこんなとこに星澤がいたさかい……」

塔仁原の、まるい鼻の、鼻梁《びりょう》から小鼻へひろがりかけるところに、ぽつ、ぽつ、ぽつ、ぽつと三粒、汗が浮かんでいました。その明朗で暢気《のんき》そうな汗が、秀徳寺の和尚さんに会った日からずっとわたしがこしらえていた垣根に手をかけて、垣根を飛び越えてわたしの家に遊びに来てくれるような、汗なのになぜか涼やかなかんじがして、わたしはようやくほほえむことができました。

そして、そのときはじめて、両親にも弟にも打ち明けたことのなかった、和尚さんとの一件を彼に話したのです。

「なんやあ、そんなの、あほかいな」

塔仁原は痛いくらいにばんとわたしの背中を叩《たた》きました。

「わかったある。あほみたいなことなんや、それはわかったある。そやけどな、そう思もてしもたんや」

「あほやなあ、なにが呪いや。星澤の弟が喘息《ぜんそく》で咳《せき》しとったんはガキのころやろが。俺、おまえの弟に会《お》うたことあるぞ。元気すぎるくらい元気なやつやないか。ガキのころにたまたま喘息やったっちゅうだけのことやろ。たまたまや」

「それもわかったある、そやけど、なんや自分では劣った子と思われてしまうんや」

「あのな、星澤はなんで尊敬するお父さんやお母さんの言わはったことでもない、よう知らん和尚の言いよったことをそないに大事にいつまでもしもとくんや？　捨ててもうたらええやないか」

捨ててもうたらええやないか。塔仁原のひとことに、わたしは目からうろこが落ちるようでした。

「星澤はええとこいっぱいあるやないか。お父さんとお母さんのこと好きなんやろ？　仲のええ夫婦なんやろ、その子として生まれてきたんやろ、すごいラッキーやないか。そやのにそんな和尚の言いよったことといつまでもしもといたら、秀徳寺の仏さんかて怒らはるがな」

ああ、ハンカチ持ってへんわ、とぞんざいを装うように、塔仁原はトレシャツの袖《そで》をずるっとひっぱって、手の指より長くして、それでわたしの頬を拭《ふ》いてくれました。

「おおきに……、おおきにな、塔仁原くん……」

は－23の車が反射させるひかりを受けて、わたしは目をほそめました。

その翌日だったか、翌々日だったか。

塔仁原は秀徳寺の和尚さんが入院したことを、わたしに教えてくれたのです。それから、和尚さんがずいぶん前から……わたしがさようならと挨拶《あいさつ》したころから……高齢のために耳が遠くなっていて、人の声がほとんど聞こえなかったことも教えてくれました。彼はわたしのために、市内で顔のひろいお義父《とう》さまに秀徳寺のことを訊いてくれたのです。

「和尚さんな、補聴器をつけてはったんやけど、そういうもんは、星澤が会うたころは性能も悪かったやろ」

スイッチを入れたままにしておくと装着者にはハウリングが聞こえるので、切ったり入れたりしていたらしい。顔つきが怖かったのは、性格的なものによるのではなく、会話が聞き取れないので仏頂面にならざるをえなかったのでしょう。わたしを見て口をゆがめたのも、わたしの言ったことを、聞きかえそうとしたのにくわえ、補聴器のハウリングが不快だったのでしょう。

「和尚はんが〝いとこ同士で結婚すると劣った子が生まれる〟て言わはったて星澤は言うたけど、ほんまは〝生まれるて言うたもんやが、ちゃんと御挨拶のできる利発な子やな〟とでも、つづけはったんや、きっと。そやけど補聴器がキーキー言いよるさかい、和尚さん、そっちに気とられてしゃべらはったさかい、星澤、聞き逃したんや、ぜったい」

俺を信用しなさい。えっへんとでもするかのように胸を張ったあの日の塔仁原の笑顔を、わたしは死ぬまで忘れないでしょう。

もとが単純なんですね、きっと、わたし。この日以来、霧が晴れたような心地がして、わたしはわたしだわと、他人をむやみに羨《うらや》んだり嫉妬《しっと》したりせず、なにごともマイペースでいくようになりました。

※

そうしておりますと、こんな器量良しでもなんでもないわたしですのに、なにをどう気に入ってくださったのか、好意をつたえる手紙をくれる男子生徒がずいぶん増えて……。思春期のころってほんとにたわいないですね、そんな手紙をもらったりすると、すなおにうれしかったですね。恥ずかしかったから、御礼くらいしか返事できませんでしたけれど……。

いいえ、塔仁原はくれませんでした。そしてそれがちっとも不本意ではありませんでした。いいかっこうのところを見せたい気がないというか、虚栄の気持ちがお互いにない、いい友人でしたから。

自分が清純無垢《むく》な人間でしたと言いたいわけではないんです。思春期のころならだれでも興味を抱く性的なことにも、わたしだって興味津々だったし、TVの洋画劇場やドラマで見るような、燃えるようなラブロマンスにもあこがれていました。でも塔仁原のことは、異性というより友人として見ていたのです。向こうもそうだったのではないでしょうか。

それがいつのまにかお互い、異性としての好意に変わって……。

いまからすれば、いたってこどもっぽいおつきあいでしたけどね。キーホルダーとアンクレットを交換したりとか、わたしがお弁当を作ってきてあげるとか、おままごとですよ、おままごと。そんなことをする仲になったというわけです。

映画やドラマのようなラブストーリーは残念ながらなくて、平凡なわたしらしい、平凡ななれそめです。

奥さまのことを、長中でいらしたというだけでとてもうれしく思うように、あのころのことはみんな、人も、できごとも、なんでも愛らしくなつかしく感じます。それなのに、同級生のなかでいまでも親しくしてる人というと、数えるほどなのね。ふしぎですね、どこへ行ってしまうのかしらね、あのころのエネルギーは……。

中学も、それに小学校もいっしょだった女ともだちがひとりいます。その人のお住まいがまた、もとは秀徳寺のあった土地に建っているアパートなの。うちはこどもがいませんけど、彼女はふたりいて、かわいくて……姪《めい》と甥《おい》もかわいいし、彼女の子もかわいいし、ほんとの親じゃないから責任なくかわいがれるから、わたしってけっこうラッキーと、塔仁原の口癖でよく思ってるんですけどね……、そのともだちのお家に先日お邪魔して、なんのはずみだったかしら、さいしょは友人だったのがいつのまにか異性としての好意に変化したのだと、塔仁原とのそもそもの平凡ななれそめを、こう申しましたら、彼女から意外なことを言われました。

「そんなのぜんぜん平凡とちがう――」

友情がしだいに恋情になるなどということは、ありそうでめったにない。あなたは塔仁原くんとしかつきあった経験がないから、ほかの人もそうだと思ってるようだが、世間の大多数の男女はそうじゃないんだと。友情はいつまでも友情で、恋情はさいしょから恋情で、両者は入り口のドアが別なんだから、あとで部屋が同じになることなど希有《けう》なことなのだ――と、そう言われました。

そうなんでしょうか？　この年でいまさら純情に見せたい気など毛頭ありません。ともだちの言うとおり、わたしは塔仁原しか男性とおつきあいした経験がないのです。

いやらしく清純ぶっていると受け取られるよりは、ぬけぬけとのろけていると受け取っていただけるほうがだんぜん幸いですから申しますが、わたしは初恋の男性と結婚したんです。

だからそのともだちがそう言ったとき、なるほどそうなのかと、百科事典でも読むように聞いていたんですけどね……。

彼女の家から帰ってきてから、ちょっと思い当たるふしがあったというか、考えていたことがありました。

秀徳寺の和尚さんのことを打ち明けたことで友人として親しくなった塔仁原とわたしでしたが、もしかしたら、女ともだちの言うように、友情はずっと友情のままだったのかもしれなかった。

ただね、入り口のドアが別でも、なにかのきっかけで、部屋の壁が崩れる、破れ目みたいなときがあるのじゃないかと……。破れ目は、当人たちの外側から不意にできるもので、当人たちの作為で生じさせることは不可能ですから、それで、彼女の言ったように、友情はずっと友情のままであることが多いのではないかと……。

そんなふうなことを考えて、奥さまがいま、おかけになってらっしゃる、そっちのほうの椅子で、ほら、そこの棚のいちばん下に入っているアルバムを久しぶりに繰っていたのです。

どうぞ。取り出してくださってかまいません。あのおんぼろ校舎、写ってますよ。あ、その栞《しおり》はいただきます。どうも。いえ、そのページに塔仁原は写ってません。ほかのクラスでしたから。

中学二年の二学期が終わった冬休みにね、塔仁原と駅前のスーパーで待ち合わせをしたんです。ほかのともだちもいっしょにね。

当時三階に無料の休憩コーナーがあったでしょう？　あそこにね、テーブルと椅子がいくつか設置されていたから、そこでみんなで英語と数学の宿題をやっつけようということになって。

待ち合わせの時間前まで、わたしは母といっしょに「離れ田」の大根を取りに来たんです。半分を畑にしてましたから。ちがうの。秀徳寺のとなりのじゃなくて、県北の国道から逸《そ》れてきて長命に入って中宮に向かう道路のところにあるもうひとつの「離れ田」。大根は八百屋さんに出荷するためのものですから、母をてつだってわたしも大根を軽トラに運びました。そしてポンプ小屋で……奥さまは農家の出じゃないから、おわかりにならないかしらね、田んぼや畑の水あげをするポンプを簡単に囲った木の小屋が、よく田んぼの近くにあるの、ごらんになったことありません？　あの小屋……、そこで手を洗って、そこで野良作業用の服や長靴を脱いで母にわたし、持って来ていた洋服とスニーカーに替えたんです。待ち合わせがあることを知っている母は、先に帰りました。

母の軽トラが立ち去る音を小屋で聞いてから、さすがにもうこのころは読めるようになっていた時計を見ると、まだまだ待ち合わせには時間があったので、わたしはハンドクリームを塗って、ついでにリップクリームも塗って、髪を縛っていたゴムをはずして、櫛《くし》で梳《と》かして、同級生たちに私服すがたを見せるにあたり、それくらいのおめかしをしました。中学生でしたからね、そのていどですね。

それでもまだ時間があまるから、しまったな、お年玉を持ってくればよかった、そしたらスーパーでなにかおしゃれなものを買い物できたのになあとか、寒い一月のことだったのでポンプ小屋で、そんなことを思ったりしていると、車の音がしたんです。

ポンプ小屋は道路のそばにありましたから、車の音が聞こえるのは当然なのですが、車が通りすぎる音ではなく、とまる音がしたのです。じゃりじゃりっという音が。道路はアスファルト舗装されていますが、道路をこえたところに、このへんの田んぼに来る人のために、車を二台ほどとめられるていどのスペースがあって、そこは砂利が敷いてあったから、その音。

母がもどってきたのかなと思いました。それで、小屋の板の隙間から、道を見たんです。そして出るに出られなくなった……。

とまっていた車、は－23、だったの。そのナンバーへの親しみで、わたし、その車の持ち主だけは知ってたんです。え？　ええ、男です。いいえ、そうじゃないのよ。それならわたし、ちゃんと出て行って御挨拶《ごあいさつ》しました。自分の学校の先生が車をとめたから出られなかったのではありません。

　車からおりた人がいて……、ええ、女の人ですが……、その先生、当時はまだ二十三歳だか二十四歳だかで独身だったから、そういうことも……。わたしが小屋から出られなかったのは、おりて来た人がその……、さっき栞をはさんでいたページがあったでしょう……？　そう……、同級生だったの……。帽子をかぶってたけど、一瞬顔が見えたのでわかりました。

　名前はまあ、Aさんとして……、Aさんと先生は、とくになにかしていたというんじゃぜんぜんなくて、ただAさんが車から出てきたってだけです。冬休みなんだし、なにかわけがあってAさんが先生に送ってもらったってこともありえなくはないんだろうけど……、でも、まわりには田んぼしかないこんなところでAさんがおりるっていうのが……、まぶかにかぶった帽子がいかにも顔を隠しているようすだったし……、それに、そんなこと以上に……雰囲気が……。Aさんが車から降りて数歩、歩いて、そしたらサイドの窓がおりて……、Aさんがふりかえって、車までもどって、なにか話して、すぐにまた歩いていったんです。

　道路の向こう側に見えただけだから、わたしには声は聞こえませんでした。でも、Aさんが歩いて行ってからも、わたしは小屋から出られなかった。先生が車をとめたままだったから……。エンジンがふたたびかかるまでにずいぶん時間がありました。

わたしが見たことといえばこれだけで、これだけのこと自体はなにがどうということもないのですが……、ふたりの雰囲気が……。ええ、そうですね、率直に言えば……。なにも知らないころのわたしでも、直感できました。いえ、そうじゃないですね、いまおっしゃったような、そんなかわいらしい表現ですまされるようなものでは……。あきらかに男と女でした。ふたりは挨拶しなかった。なにかの用事があって車に生徒を乗せたのなら、先生のほうも生徒のほうも、わかれぎわにお辞儀するなり、笑うなり、そうした挨拶があるはず。他人なら。

先生の車がやっと行ってしまってから、こんどはわたしのほうが小屋のなかでじっと立ちつくしてしまいました。心臓が早鐘を打って、冬なのに汗が腋《わき》の下ににじんできて……。わたしは大きく呼吸して、いっしょうけんめい、自分を落ち着かせました。

え？　それはちっとも。ぜんぜんです。でも……、もし、わたしじゃない、ちがう人が見たとしたら、そんなふうにかんじる場合もあったと思います……。むしろ思春期のころなら、とくに女の子は、自分もそうしたことにものすごく興味があるくせに、興味がある自分がいやで否定したいし、ましてや、そうしたことを匂わせるなにかには、いっさいがっさい不潔だってかんじるのが大多数なのではないでしょうか。

でも、わたしは不潔だとはかんじませんでした。それどころか……なにかこう、光っているようにかんじられたとさえ言ってもいいくらいです。わたしには行けないところで蒼《あお》く光っているような炎とでも言えばいいでしょうか、どう説明したらいいのかわかりませんが、とにかく、不潔だとは、すくなくとも、わたしは、かんじなかった。……。あの……、わたしね、Aさんのことは好きだったんです、なんとなく。なんかこうおしゃれで、帽子をかぶっていてもAさんだってわかったのも、その帽子がそのへんの子がかぶっているのとはちがってたから……。そんなに親しいわけではなくて、はっきり言って、よく知らなかったのですが……。

胸の動悸《どうき》がなんとか静まってから、わたしは遅れてスーパーの待ち合わせ場所に行きました。

遅いとか、なにしてたんだとか、みんなが言いましたが、わたしは急に気分が悪くなったのだといいわけをしました。そしたら塔仁原が、自分の自転車のうしろにわたしを乗せて家まで送ってくれたんです。それですっかりたのもしく思って、以後は交換ノートなんかしたりして、いわゆるカップルになったというわけです。

きっかけって、ほんとにふとしたはずみから生じるものなんですね。こんなお話を奥さまにいたしましたのも、ふとしたはずみ。わたしと塔仁原の、こんなつまらぬなれそめなどをお話ししてしまって、どうか笑ってお忘れになってください。それより、お手紙の件はご心配なさらずに。奥さまなら大丈夫ですって。かつては想像もしたことがなかったことを、わたしのような者でもなんとかやっているんですもの、奥さまのご心配だって、ふとしたことでいきなりちがうものになるかもしれませんよ。ですから……、ね。

あ、いいんですの、それはそのままにしておいてください。あとでわたしがかたづけますから。あら、雨、やんでますよ。よかったですわね。いいえ、こちらこそ。ええ、ええ、わかっております。そこ、段差がありますから、お足元に気をつけて……。はい、もちろんです。そのへんはもう伏せておきます。金額の件だけを塔仁原には……。じゃ……。ごめんくださいませ。……。

⁂

……。わたしが塔仁原に自転車に乗せてもらったのはほんとうのことです。でも、それでたのもしく思ったというのが、ほんとうだとはあまり言えません。そんな健全な感情ではなかった……。

あの日、わたしは遅れてスーパーの待ち合わせ場所に行き、気分が悪くなったといいわけをして、そして、

「家に帰りたい。自転車で来てへんさかい、塔仁原くん、乗せて帰って」

名指しで頼んだのです。

彼は一瞬、きょとんとした表情をしましたが、

「ええよ、行こ」

さっさと文具や教科書を鞄《かばん》にしまいました。

彼とわたしはだまってエスカレーターで一階まで下りました。自転車置き場でも、彼が鍵《かぎ》をはずすのをだまってわたしは見ていて、彼もだまってわたしの鞄と自分の鞄を籠《かご》に入れ、自分がサドルにまたがったときも、

「乗って」

ひとこと言っただけでした。

その日、彼が乗ってきていた自転車は、いつも彼が乗っているものではなく、後輪の上に荷台のついたごく一般的な型のものだった。わたしは彼のジャンパーの裾《すそ》をつかんで、荷台にまたがりました。

スーパーの前にある信号をわたってすぐ、わたしは彼に「離れ田」までの行き方をつたえ、そこに向かってほしいと頼みました。理由も訊《き》かず、彼はわたしの頼んだ方向へペダルを漕《こ》ぎました。

「落ちんとけよ、星澤」

「うん」

わたしは、ジャンパーという彼の衣類ではなく、彼の胴そのものにうしろから両腕をま

きつけました。乳房を彼の背中に押しつけるように。ウールのハーフコートを着ていたけれど、いえ、そういう厚手のものを着ていたからこそ、かえって安心して大胆になれたのかもしれない。

　自転車を漕ぐ彼のからだが固くて大きかったのが意外でした。廊下や教室で見知っていた彼は、中肉中背よりはいくぶん細めで小柄であったはずなのに、ぎゅっと抱きつくと、そこには体育の時間に同級の女子と組んで柔軟体操や創作ダンスをするさいに接したことのあるからだのやわらかさがなかった。肩のはばも大きくて、首も間近にすれば太く、女子とはぜんぜんちがう匂いがしました。

「あそこでおろして」

「あの砂利のとこ？」

「そや、あの砂利のとこ……」

　かつんと振動がおしりの肉につたわり、自転車が止まりました。わたしは砂利の上に立ちました。

「タイヤのあとがついたある……」

　わたしはうつむいてゆびさしました。

「それは自転車のとちがうやろ。車のタイヤのあとやろ」

「そやね」

は-23の車のタイヤのあとであるとは言いませんでした。胸がまたどきどきしてきました。あのとき、ここでふたりはなにを話したんだろう。ここに来る前になにをしていたんだろう。わたしが想像したことは、かっと自分の頰を赤くさせると同時に、なぜかわたしをさびしい気持ちにさせました。さびしいのに、さびしいままでずっといたいような気持ち。

何台か車が道路を行き過ぎてから、わたしは道路をわたり、田んぼに下りました。

「どこ行くんや?」

「どこにも」

わたしはふりかえらず、ただ、彼が来るのを待ちました。

畦道《あぜみち》の、冬枯れの乾いた草をぴしぴしと踏む彼の足音が背後でするのを聞いてから、わたしはポンプ小屋に入りました。

は-23の車がとまったときはまだ日が高かったので、隙間だらけの板からひかりが入り、ものがよく見えたのですが、日が山ぎわにさしかかるそのときは、小屋のなかはほとんどまっくらでした。

「さっき服を着替えたときはまだ日あったん……」

「服を着替えた? ここで?」

そや、とだけわたしは答え、からだの向きを、彼のほうに変えました。なにか言うべきかと考えかけたけれど、すぐに彼の腕がわたしの両腕から背中にまわり、なにも言わないまま、わたしたちはキスをしました。唇と唇がくっついて、舌の先がぴちゃっとふれあていどの、そんなキスでした。

「冬休みなんか、早《は》よう終わるとええのに」

くらいなかで、わたしが言い、

「そやな。学校はじまったら毎日会える」

くらいなかで、彼がそう言って、息が頬にかかったので、笑ったのがわかりました。

そして小屋を出て、自転車で送ってもらいました。彼の、からだにつかまっているのが、とても気持ちがよかった。ずうっとつかまっていたかった。

この日以来、わたしたちは男と女になりました。おおげさな言い方をしているとは思いません。ずいぶん勇気を出して、正直な言い方をしたつもりです。この人は男性だと思うのと、この人は男だとかんじるのとはちがう。塔仁原とからだの関係ができるのは、もっとずっとあとですが、その行為があるかないかより、相手を男だとかんじること、女だとかんじることがなければ、先刻の女ともだちの言ったとおり、友情はずっと友情です。

彼とかわした交換ノートはたのしいものでした。高校入試で悩んだことも、いまではたのしい思い出です。同じ高校へ行こうねと指切りをして受験勉強をして、同じ高校に受かったのに別れがあったことさえも……。若さゆえに互いがべつべつのほうを向いてしまっていた三年間があったから、そのあとに、お互いがどんなにたいせつな人間であったかを知ることができた。

わたしは塔仁原と結婚して、ほんとうによかったと思っています。選挙なんか実はどうだっていいのです。きれいな女性に目を奪われたって、それくらいいいですよ。彼が健康でいてさえくれれば、それがわたしのいちばんののぞみです。

この人が自分と同じ時間を生きていて、泣いて怒って、そして笑って、自分と話してくれることがうれしいと思う相手と、ともに年月を歩んでゆけることはなによりものしあわせではないでしょうか。

ずいぶん遅い結婚をされた……のか、されることになったのか、なにぶん風説なのではっきりいたしませんが、Aさんの相手もそういう人であるといいなと、わたしはひとりで御多幸を祈りました。卒業アルバムにはさんでいた栞に向かって。

青痣（しみ）

この男と寝てもいいかどうか、決めるとき、わたしはいつも男の箸《はし》の使い方を見る。もう裏切られることのないように。もうあの憤《いか》りをおぼえずにすむように。あのころの、あの日の、決定された憤りを。

❦

わたしは今、みずうみの前に立っている。

車で一時間とすこしかかった。

今日、ハンドルをにぎったときから、ここにくるつもりでいたのだろう。ベッドを抜け出たときから？　起き抜けに熱すぎるくらいの湯を浴びたときから？　みずうみが見たい気持ちに、わたしはとらえられていた。

ここには去年、同僚数人で来たことがあった。そのときもわたしが運転したから、道はだいたいおぼえていた。どこでもよかった。みずうみが見えるところなら。

◆

煮た魚。

細かく刻んだ生姜《しょうが》が添えられている。

皿は六皿ある。

だいこんおろしが添えられた玉子焼きも六皿。

炊きたての白米が碗で湯気をあげている。それも六つある。

ステンレスの台。ガスホース。レポート用紙。蛇口。ふきん。箸のたば。包丁がひとつ
コンロのそばに出たままになっている。

「それ、かたづけて」

だれかが言う。

だれかの手がのびて包丁が視界から消える。

「じゃあ、呼んできて」

だれかが言う。

「早《は》よう」

だれかが言う。

「冷めてしまう」

だれかが言い、だれかが出て行った。

◇

時代というものは、いつであっても、その人間にかぶさる、時間の集積だ。

あのころも例外ではない。かたまりで、ある箇所にたまっている、集積された時間。

叶《かな》うことなら、わたしは、あのころにつけた青痣《しみ》を捨てたい。行政機関が指定した日に、各戸の、なにかにこだわるという精神の不運な過敏さから免れ得た家々から、ほがらかさと、なにごとにもこだわらぬ逞《たくま》しさを証《あか》して投げ出されたあまたのゴミ袋のように。

白い絹の、既製品ではなく、知己の縫い手によって仕立てられたワンピースが、縫う手の技術のよしあしとはかかわりなく、知己に縫われたというだけで捨てられず箱におさめられ、クロゼットの奥にしまいこまれ、そのうち、襟元が、とか、袖口《そでぐち》が、とかいった、どこかそこに、というのではなく、全体的に黄ばんでしまったようなあのころ。

あの時間のなかにある人間だれもが逃れられない、無知、みなぎる活力、そして大洋のように泰然とした浅はかさが、わたしのあの時間も埋めていたのだと言えば、あの青痣に、後年のわたしは許されるだろうか。

どうか。どうか許してほしい。

しかし許されはしまい。

あの青痣。膿《う》んだ青痣。

できるかぎり、あのころをふりかえらずにすませようと、わたしはしてきた。見たくない。

幸運な人々は幸運に器用で、見たくないところだけ奇跡的なまでの隠滅をおこなえる。

わたしと同じ会社で、同じかたちの机をならべて、同じ収入を得ていても。

わたしは不幸ではない。多くのさいわいに恵まれている。だが、こうした面においては、不運にも幸運ではなく、したがって不運に、あのころをそのままにふりかえるしかない。

わたしは、みずうみの前に立っている。

◆

りぼん。猫。りぼんをつけた猫。キャンディー。

りぼんをつけた猫はキャンディーといっしょにバスケットに入っている。

風船。白い雲。青い空。

猫とキャンディーのバスケットは、風船が結わえつけられ、空に浮かんでいる。

ノートの表紙。

表紙をめくる。

ふとめの罫線《けいせん》。

左がわには。罫線がない。灰色の紙。ＩＮＤＥＸ。１いちご。２パイナップル。３チョコレート。４さくらんぼ。５レモン。そして６葡萄《ぶどう》。

順番。

ノートがまわる順。まわす順。

◇

いまのわたしとあのころのわたし。靴のサイズも帽子のサイズも同じ、あのころは嵌《は》めなかったがおそらく指輪のサイズも。身長も同じ。体重も同じ。乳房の大きさも尻《しり》の大きさもほぼ同じ。

学校（幼稚園でも大学でも）という空間が区切る時間があまりに克明で密度が高いため、この空間からはなれて久しい人間は、おうおうにしてミステイクをおかすけれども、十四歳の女は、二十四歳の女とも三十四歳の女とも同じなのである。そのからだは。その情欲も。

「ちがう」

もし、だれかがそう言うのなら、それは、わたしとその人の個性がちがうのであって、その人のうちでは、その人の原型は十四歳よりももっと以前、十歳くらいに成り立ってい て、その原型が、衆人の前に現れ出るかたちが、わたしとはちがったというだけのことを、錯覚してしまうからだ。

その人のうちにおいては、その人の十四歳と二十四歳と三十四歳は同じはず。ちがうところは、わたしがそうであるように、ふたつだけである。

各々なりの知識の量とその知識量からくる語彙《ごい》。体力とその体力差からくる執着の度合い。執着を、詩人はときに、情熱やひたむきと換言するけれども。

◆

ひかりが顔にあたっている。

頬にわずかに影がある。

長い睫毛《まつげ》は影をつくるのだと、わたしは知る。

ゆびが、わたしの顔の下でのびる。ｈｕｍｂｌｅ。英単語をなぞる。にごりのない爪。

洗濯したシャツの匂い。自分ではない人間が接近したさいの、気温の、ごくごくわずかな上昇。

「この単語はなあ」

咽喉《いんこう》から胃の腑《ふ》に流れ落ち、しみわたるように、その声はわたしに吸収される。わたしはその声の主がそばにいると、死にたいほどの羞恥《しゅうち》をおぼえる。

◇

「死にたい」

わたしは、あのころ、しきりに思っていたものだ。死は生者にのみ訪れ、生者は他者の加護なくして死を望むには至れないことすら理解できぬ鈍い幼さのなかで。

鈍さとは、してみれば、傲慢《ごうまん》でもある。

細胞活動の停止した内臓の汚い色、死体の醜さを見たこともないまま、火葬場の焼き釜《がま》の轟音《ごうおん》を聞いたこともないまま、生の果ての死ではなく、生を怠惰にした死を、自分のすべてをなぐさめる眠りであるかのように錯覚できる鈍い感傷は、自分をちがう場所にいるようにも錯覚させた。

あのころ、わたしは、自分のいるべき場所、しているべき行動、話すべきさわりあうべき相手等々、いっさいがっさいが、ちがう、と思っていた。

ひどくちがうわけではない。なにかひとつがすこしちがい、そのちがいが、次のちがいを、前のちがいよりもうすこしちがわせ、その次の次のちがいが、前のちがいよりさらにもうすこしちがわせ、次の次の次は、またもっとちがってくるような、そんなちがいのたばに向かって、ちがう、と怒鳴りたかった。

◆

硬い表紙。

絵はない。

罫線もない。

ページはスパイラル・コイルで綴《と》じられている。

わたしのノート。

罫線のない、白いノートに、わたしは遺書を書く。

罫線のある、表紙に絵のついたノートに、葡萄という書き手は、遺書を書いたことを書く。パイの生地の、一枚一枚をはがしてゆくと、きっと底のほうに、選民的な特権意識が（たとえそれが幻想であっても）あるのだろう。あるのだろうことを葡萄はわかっている。

でも、いちごもパイナップルもチョコレートもさくらんぼもレモンもわからないだろう。

葡萄は、彼女たちとはちがう。

わたしは、言う。あの声の持ち主には。遺書を書いたのだと。

そのときだけは羞恥せず。

◇

あのころを埋める語がある。

羞恥。

羞恥への鈍感さ。

羞恥に対する感覚が、後年とは比較にならないほど、鈍感だった。

あのころに、わたしがしでかしたこと、言ったこと、そのほとんどに、わたしは羞恥する。

そしてわたしは消し去りたい。あのころには、自分の言動に羞恥しなかったことを。十代という醜い無知を葬りたい。鈍感な傲岸《ごうがん》を、主観のばけもののような肥大を。

肥大したばけものは、自分が繊細であり恥を知っている選民だと、わたしに言い含ませた。

遺書を書いたあと、たとえ遺書を書いたのだとしても、わたしはあの人に、羞恥して、言うべきだった。ちがうと。ただ、ちがう、と。小さな声で。死にたい、などではなく。

◆

二階の部屋。

母が寝ている部屋。

三面鏡。

わたしは鏡に顔を映す。

わたしは細い顔をしている。

父と母とのあいだに生まれるさいしょの子は、男であれば母に、女であれば父に、その外見が似るのが常であるが、ときには常ではない子もいる。わたしは、それだ。

母に似ている。

とうにわかっていて、周囲からもそう言われるのに、わたしは鏡からはなれ、もう何度も見たアルバムを開く。

母は、黄色人種の域ではあるが鼻が高く、鼻梁《びりょう》がつんと通り、くっきりした二重まぶたの、顔の輪郭に余分な肉のない、いわゆる細面の顔だちをしていた。といって、痩《や》せぎすな体格ではなく、胸のあたり、尻《しり》のあたりには充分な肉がつき、にもかかわらず全体的には単純に言えば、ほっそりとした印象を与えるからだつきをしていた。

アルバムに貼られたおびただしい写真を見ても（実物の母を見ても）、わたしは、目がもうすこしこうであったら、とか、口もとがこうであったら、とか、足の線がこうなっていたら、とか、なにか弱点のような部分をとらえることがない。ただ、どこひとつとして、きれいだとかかわいいとかいいとか言うべき点を見いだせない。

母の若いころ。それがわたしの外見だ。

それは、もっともわたしに、ちがうと叫ばせる。

◇

わたしの母は商家のひとり娘に生まれた。彼女は、彼女の両親や両親の両親が撮った写真を、たくさん持っていた。

母は（幼少期に両親や祖父母が血縁のよしみで言ったであろう場合は除き）、ひごろ挨《あい》拶《さつ》をかわすような他人から、美人だと評されなかった。

評される、あるいはもっとひらたく、噂されるという状態は、対象となる人物の外見の造作がどうであるかという真実より、外見とは別の、かたちにできない要素によっておこる。対象となる人物に評者が自己の評をつたえたくなるかどうか、また、評者がべつの評者ともその人物を話題にしたくなるかどうか。

母は噂されなかった。

わたしは母に似ていた。

◆

わたしは帽子をたくさん持っている。

「景子《けいこ》ちゃんは、ごっつ帽子が似合うなあ」

叔父は言う。父の弟。父よりもひとまわり若い叔父。

田中《たなか》帽子店。それがわたしの家。

氏家《うじいえ》会計事務所。それが、わたしの家から歩いてすぐのところにある叔父の家。

叔父には息子がふたりいる。上の子はわたしと同級。仁《ひとし》。仁はわたしを、おい景子、と呼ぶ。わたしも従兄弟《いとこ》を、なあ仁、と呼ぶ。

小学生のころと変化していないのは、この呼び方だけ。仁とわたしはもう、小学生のころのようには遊ばない。仁は相対する甲斐《かい》のない生き物になった。

仁も仁の弟も、叔母にそっくりな顔をしている。

当時の平均からすれば、叔父の結婚は早いほうではあった。が、むしろ、わたしの父の結婚が遅かったのである。

◇

父は生来が虚弱で、十代のおわりに結核を患い、退院してからも、地方都市のアーケードのとりつけられた商店街さながら、ちいさな病気の看板を自分ひとりでからだにあげていた。

実家の、二代か三代ほど前からの生業《なりわい》であった氏家会計事務所を、長子でありながら祖父のあとを継ぐことが父にはできず、下の妹ふたりの嫁ぎ先の雑用のようなことをしているうち、帽子屋の婿養子の縁談に応じた。

帽子屋のひとり娘（つまりわたしの母）は、最初の夫と離婚していた、といえばていがいいが、捨てられていた。

帽子屋のひとり娘のために、帽子屋のあるじ（つまりわたしの祖父）は、娘より三、四歳年上の、京都のさる富裕の呉服問屋の次男を、乞《こ》うて乞うて婿にしたのだが、その男は母ではない女（からだを武器にしたのだと母は後年わたしにつたえた）に狂い、遁走《とんそう》したのである。

長命市常磐町《ちょうめいしときわちょう》。その町の商店街にある田中帽子店のひとり娘は、日本の、地方の、どこにでもあるような町、前衛的なまでに保守的な町で育つなかで、社会あるいは身辺になにがおこっても、あるいは自分自身になにがふりかかっても、即座に、それについて深く考えないという反射神経を養い、善良と、辞書的には呼ばれる資質を、自分の父母のように確立させ、夫の遁走について、自分には非はない、ただ相性が合わなかったのだという詭《き》弁《べん》を純粋に信じられる欺瞞《ぎまん》を体得した。

欺瞞。

母の欺瞞を、欺瞞だとひとことであしざまに言うことこそが、もとい、言えたことこそが、あのころの、あのころという時間の、無知と阿呆《あほう》のごとき体力のみなぎりと浅はかさだった。

母を、庇《かば》う気も、非難する気も、わたしにはさしてない。あのころから、さらなる時間が集積されたことで、母のことも自分自身のことも、路上に出された、清掃車を待つゴミ袋のように、y軸とx軸の交わる中心のゼロ点から眺められる力を、すこしは身につけたというだけのことだ。

すこしは身につけた力をもって、わたしは言う。

最初の夫である男のことを、母のほうも愛してはいなかったのである。それでも、「亭主に逃げられた」という恥辱は彼女を、彼女の自尊心を、彼女のように、なにかについて深く考えないという反射神経を養った人間でさえも傷つけた。それゆえに、その傷はフレッシュであり、彼女は、女として大きく学んだ。学びはようやく彼女に考えを与えた。つぎに夫という名の場所に配置する男は、わたしの父のような男だという考えを。彼女が生涯に唯一いだいた考えを。

父は、あのころ、とくに病名はなかった。とくに病名はなく、ただ、いつも病人のようだった。店からつながる居宅の、西南の六畳間にたいていいた。そこで平凡社の百科事典を開いていた。

嫁入り道具ならぬ、婿入り道具として、彼が会計事務所を営む実家から、すぐ近所の田中帽子店に持ってきたのは、全二十巻の平凡社の百科事典と、あざやかに赤い、つるつるのカバーのついた『食事のマナー』という新書と、ふた箱の「改源」の風邪薬だった。

かくして、店の金の流れを掌握しているのは、父のような男と再婚した母で、母を、氏家会計事務所が補佐していた。母の父（わたしの祖父）を補佐したように。

だから、叔父はよくわたしの家に来た。四人きょうだいの末子である叔父が、公認会計士となり、氏家会計事務所を継いだのである。

わたしは聞く。

「景子ちゃんを見てると、つくづく、女の子は利発でおとなしゅうてええなあて思うわ、義姉《ねえ》さん」

ずらずらと数字がならんだぶあつい帳簿を開いて、叔父が母に言っているのを、わたしは聞く。

「うちとこも、どっちかひとり、女の子やったらよかったのに。どっちもぼうずやがな。ぼうずがふたり家におってみ、もう、うるそうてかなわんで」

「そやけど、跡取りさんがふたりも待っててくれはって安心なことやないの」

「安心なもんかいな。勉強《べんきょ》なんか、ぜんぜんできひんがな。会計士の息子やいうのに、仁も智も、数学はさっぱりや。あれは、お母《かあ》に似よったんやろなあ。おつむ、からっぽや」

「いややわあ、そんなこと言うたら、うち、どう返事してええのか困ってしまうやんか」

叔父と母のやりとりの、きりのよいところで、わたしはふたりのいる二階の部屋に、茶と菓子を持っていく。

天鵞絨《ビロード》のカーテンが、西洋の劇場のように、襞《ひだ》をたっぷりとって両端で金モールの紐《ひも》で結わえられた窓のある部屋。この部屋は、わたしの家のなかでは「唐突」だ。

「おおきに、景子。そこへ置いといて」

帳簿をひろげた大きな机は、マホガニーという材質でできているのだと、母はいつも叔父に言う。叔父が来るたび、言う。

マホガニーの机のほうではなく、「スピガ」で買ったキャスターのついた小さなテーブルのほうを、母は顎《あご》で示す。小さなテーブルは、カーテンと同じような色の三人がけのソファのわきに置かれている。

わたしの心臓はどきどきする。お茶をこぼしてしまわぬよう、小さなテーブルに、運んできたものを置かねばならない。

おそるおそる、わたしはマホガニーの机と壁のあいだを抜ける。そうっと置く。ぶじ置けた。

わたしが安堵《あんど》するのを待っていたかのように、叔父はそこで声をかける。

「こんにちは。よう気がつくなあ、景子ちゃんは」

わたしの視線は、叔父と母のあいだを浮遊する。茶を持って来いと自分が言いつけたのだとか、挨拶《あいさつ》をせよとか、母はなぜ言ってくれないのだろう。場が持たない。

「なにを持ってきてくれたんや、あられか。景子ちゃんも、いっしょに食べたらええがな」

盆の菓子皿に、ひょいと叔父が手を出してくれるから、わたしはソファにすわれる。叔父はとなりで、あられを噛《か》む。ぱりぱりとこうばしい音がする。

「この、昆布が巻いたあるやつが、おいしいな」

「うん、それ、おいしい」

わたしは叔父を見る。父と似ていない。見るたび思う。叔父本人にも言ったことがある。兄ちゃんは母親似やからやろうと彼は答え、自分は父親似でもないとつづけた。こどもいうもんは、下に行くほど混ざり具合がはげしくなると。

叔父はつぶらな瞳《ひとみ》を持っていた。強い瞳を。強い瞳を、わたしは欲する。母がそうであるように、わたしもくっきりとした二重まぶたなのだが、他人になぜかその印象を強く与えない。

叔父は二重のはばも大きく、睫毛《まつげ》が長く、黒目の部分が大きく、つぶらだった。おいしいもの、きれいなもの、おもしろいもの、めずらしいもの、そうしたものを見るとき、つぶらな瞳には好奇心の正直なひかりが満ち、そんな瞳を持つ彼の顔は、実年齢よりずっと若く見える。

髭《ひげ》は濃くなく、いつも木綿のソックスをはいている。大人の男の大半がよくはく薄手のスーツ用のソックスではなく、同級生男子が通学のさいにはくような木綿のソックス。

木綿のソックスをはいた叔父は、わたしに帽子が似合うと言った。

「——景子ちゃんは細面やし、目許《めもと》が涼しげやさかい、帽子がよう似合うわ。さすがは帽子屋さんとこのいとはんや」

すんなりと言った。わたしはそれから、帽子をつとめてかぶるようにした。

◇

あのころ、わたしは、帽子が似合うといったような、そのていどの、日常にはちょうどよいていどの賛辞にさえ、賛辞をくれた相手のせっかくの親切心に応《こた》える能力をもちあわせなかった。

うれしさを認めるのが、認めていると周囲に知られるのが、逃げ出したいくらいの不安だった。

まずは相手の親切に謝礼を述べるべきことにも気づかず、自分の身の処し方だけに目を向け、不安になった。不安をすみやかにとりのぞける能力を持った人間の発するひかりを、だからわたしは全身に浴びようとした。

◆

「へえ、帽子屋さんか」

ギターを弾きおわって、その人はわたしに言う。ギターは、その人の膝《ひざ》の上にある。よこむきに寝ている女の人のからだのかたち。

「そやから、そんなスイな帽子をかぶってるんやね」

その人も、その人のまわりにいた人も、わたしの帽子を見る。六枚はぎの頭部をまるく縫製したデニム地の、大きな鍔《つば》の帽子。鍔は楕円《だえん》で、かぶると左右不対称になり、ななめかぶりをしているように見える帽子。

「その帽子、よう似合《にお》てるわ」

さわやか。チャーミング。都会の娘のよう。

父や母や祖父母や、自分の日常にいつもいる人間が口にすれば、その非日常さがおかしいようなことばが、その人の口から出ると、なにもおかしなところのない、すんなりとした語感に変わった。普段着になった。

「細面やさかい、帽子が似合うわ」

わたしはうれしい。熱い。にわかに熱くなった。頬が熱い。きっと顔が赤くなっているのだ。真っ赤な顔をしているはず。うれしさに。早く。なんとか。早く。赤みよ、ひけ。早く、早く、早く。ひけ。わたしは願う。ますます熱くなる。

赤くなったことを、ギターを弾きおわったその人も見ただろう。ほめられてうれしくなるという、仁や、仁といつもつるんでいる成績が悪くて体育もできない男子たちのような幼稚な反応を、自分がしでかしたことを、わたしはくちびるを嚙みしめて恥じる。

赤くなっていると、ギターを膝に載せた人が冗談まじりに指摘したらどうしようかと、わたしは恐れる。死にたいほど恐れる。

だがその人は、うつむくわたしの肩をぽんぽんと叩《たた》いて、

「きみみたいなんを、看板娘っちゅうんや。帽子屋さん大繁盛や。こんな看板娘がいたら、家の人、税金の申告がたいへんや」

と、こんどは、非日常でおおげさなことがおかしくなるような冗談を言った。その人は、わたしではなく自分を笑いの種にした。

みなの歓声は、わたしを、一瞬だけのプリンセスにした。

たわいないプリンスの手も、手首も、袖《そで》をまくった腕も体毛が濃くなく、肩にふれたという感触がしなかった。


今、わたしが見ているみずうみには、波がない。

波のないみずうみには、日没がすぐそこまで迫っている。が、そんなことはおくびにも出さず、水面《みなも》は日のひかりにかがやいている。

弱いかがやきを前にして、からだをよせあう男女が何組も、みずうみのほとりにいる。

自分の日常にあたらしくあらわれた男と、過去にすでになんどか体験したことのある、

決してあたらしくない感情や行為をかわすことを、そのたびごとに人は恋と呼ぶ。年月を経るごとに、恋に期待しなくなり、期待しなくなるから恋を焦る。

若さを失うということは、恋を期待できたころよりもずっと、焦るほど、恋に酷似した状態を期待するということだろう、おそらく。

昨夜、会社を出てから、わたしはある男と食事をした。

つきだしは隠元《いんげん》の胡麻《ごま》あえ。ぎんなんと百合根《ゆりね》の入った卵の蒸しもの。海老《えび》とセロリと椎茸《しいたけ》を塩で炒《いた》めたもののあんかけ。海老は車海老のいいものが使われていた。そして鰈《かれい》の煮つけ。男は海老を上品に小さくしようとした。そうするために箸《はし》を左に一本、右に一本、ナイフとフォークのように持って使った。男は鰈の骨から鰈の身だけをとって箸にはさむことができなかった。魚《うお》の身に垂直に箸を当てず、終始、身と並行にあてた。さげてもいいかと尋ねた店員に、いいと応じた彼の皿の上の鰈の骨は、骨と骨とのすきまに、だらしなく身が残っていた。栗飯と湯葉のすまし汁の器が空になったとき、男の使った箸は十センチほども濡《ぬ》れていた。隠元を、海老を、鰈を、栗を、湯葉を箸で口まで運ぶとき、男の箸は斜めの十字のかたちになった。そうやって箸を使うあいだ、男は終始、肘《ひじ》をテーブルについていた。

期待は消えた。

消えたことを、とくに落胆しない。

落胆しないことに、わたしは、若さを失ったよさを感じる。食事をした男のすべてに落胆するのではないとわかる。彼の瑕瑾《かきん》と同様のそれが、わたしにもあるにちがいないとわかる。

あたらしい知己が増えたと思う。わたしが彼を知己という場所に置いたように、向こうのほうもわたしをそういう場所に置いただろう。

悪いことではない。寝る行為が介在しているつきあいだけがすべてではない。

年をとったよさにやすらかさを与えられ、昨夜からわたしは、みずうみを見に行こうと思っていたのかもしれない。

ほとりを、わたしは歩く。ちいさなきいろい花を咲かせた植物の葉を、一枚むしる。

◆

人造の、ちいさなきいろい花が、よく見ないとわからないくらいつつましく鍔についた麦わら帽子。

帽子が脱がされる。

三百余日前に、みずうみのほとりでギターを弾いた手によって。

てのひらがわたしの頭におかれ、髪の毛が撫《な》でられる。

撫でた手とはべつの手に持った帽子を、わたしは見ている。きいろい花を。

上から見る自分のすがたが、どうか神様、みにくくありませんように。

そう祈りながら。

◇

あの人の頭文字はSだった。姓の頭文字。

◆

「行かない」

低い声が耳に入る。

道。

水たまり。ゴムの雨靴。雨靴をはいた四人の足。ひとりだけ雨靴をはいていない。

◇

雨靴をはいていない人の頭文字はＪだった。名の頭文字。

◆

水田。
四つの暖色の傘。
ひとつだけは黒い傘。
大きな傘。

◇

あのころ、Ｓを見つめるわたしの内耳には、不規則にもつねに、男ものの黒い傘をさしたＪの低い声が聞こえていた。

行かないと、わたしが言われたわけではない。わたしは、その声を聞いただけだった。

校門を出てすぐの道ばたで、雨靴をはいてかたまっていたわたしたちは、みずうみに行く話をしていた。

たまたま通りかかった彼女に、クラスがちがうのに、だれかがいっしょに行かないかと誘った。

彼女は答えた。行かない。即答だった。行かへん、ではなく、行かない、と言った。

◆

「ああ、知ってる」

Sは即答した。

そしてだまる。

そして前を見る。

前を見たままでいる。

そして、また言う。

知ってる。

息が洩《も》れる。さびしさがSの表情にまじる。

Sは J を知っている。

あのころ、わたしは、あのころゆえに、Sにさびしさを嗅《か》ぎつけた。

◇

◆

夏休み。

もう終わる。

車の中。

八月三十日。

「それで？」

わたしは問う。Jについて Sがなにを知っているのかと。

「それで、て。それだけや」

そして、それだけになる。

◇

事実、それだけだったのである。

事実、彼らは、たがいに姓名を知っていただけで、話らしい話もしたことがなかっただろう。家がどこにあるのかも知らなかっただろう。姓名というゼロ点だけが、ふたりのあいだにはあっただけなのだ。

だれかを、さびしい人間であるとかんじるような感情。だれかひとりだけに、その内にあるさびしさを見つける感情。それは後年にも人が持ち合わせるものではあるが、そうした感情に、あのころは翻弄《ほんろう》されるのである。

あのころゆえに、わたしはSとJをむすびつけた。

あのころのさなかにも、後年にも、ふたりはつながらなかった。つながるはずがなかった。重なりもしなかった。y＝x^2のグラフとy＝－x^2のグラフのようなもの。領域がちがった。

だがわたしは、SとJをむすびつけることで苦しみ、苦しむことをたのしんでいた。あのころがわたしの前を、いや、わたしの内部を通り抜けるまでのあいだ、ずっと。

あのころのさなかには、苦しいという以外、自分の感情をあらわすことばを知らなかったけれども。

◆

木造の校舎。

女だけがいる教室。

社会が雌雄両性で構成されることからすれば、非社会的な空間。女のみが一ヵ所にいる教室。

教室にはいないSを、わたしは見る。

社会に出ているSを、わたしは見る。

見ると、Sを見ているわたしを、Jから見られているように感じる。

Sを見ないでいたい。見ないでいることはできない。Jに見られたくない。見られていると感じたくない。

なのに、できない。

わたしにはできない。

できるべきなのに、できない。

望むグループに入ることができないように、わたしは、自分の身にふりかかることがなにひとつ、自分でコントロールできない。

だから、ひとつだけを願う。

その願いに、わたしは目をそむける。そんな願いを抱いている自分に。

だが、願う。願わずにいることが、わたしには、できない。

わたしの願い、それは……。

◇

あのころ、少女だった。

わたしはSを知った。Sは県内にある国立大学教育学部の学生だった。

Sを知るより前から、わたしはJの顔と名前は知っていた。話したことはなかった。Sを知った年に、Jと、家庭と体育の授業を受けた。

クラスはちがったが、この二教科は男女別でおこなわれるため、二クラス合同だった。

わたしはJといっしょに跳び箱をとび、バーをまたぎ、球を追い投げ、マットを転がり、グラウンドを走った。Jといっしょに食物を切り、炊き、焼き、被布を裁ち、縫い、価《あたい》をたしひきわりかけた。

たいていの行動において、わたしはJよりよくこなした。わずかの差であろうとも。

◆

家庭科室。

大きな机。

八つ。

八つの机に五人の女。

五人はひとつで「班」とされる。

班の責任者は班長。

「八班」班長はわたし。

八班に、Jはいる。

ほかの四人は一年二組。Jだけが一組。

いつも机の下で文庫本を読んでいる。

長雨の六月に、家庭科の女教師は問題を出した。

『家事労働者の、作業するからだの動きをさまたげない調理台の配列を考えて、理想的な台所の図を作成せよ』

教科書には、縦列型、L字型、並列型の三例が示されている。それをもとに、班は設計図のようなものを作成し、彩色しなければならない。

四人はめいめい紙に向かいはじめた。教科書には、縦列型の例がいちばん大きく示してあったので、みなそれに倣《なら》う。

教師が配ったB4の白い紙を、Jは前にひろげたまま、文庫本を読んでいる。

四人は定規をつかい、色鉛筆を使い、図を描く。

Jはただ文庫のページを繰っている。

四人は注意したい。五人が作成した図のうちひとつを、班の作品として発表しなければならないからだ。が、四人は二組で、Jだけが一組だから、言えないでいる。

班長のわたしも注意したい。

Jの読んでいる文庫は、かつて裁判で発禁処分を受けた小説。

わたしがもうとっくに読んだ文庫を、いまごろ読んでいるくせに。遅れている。

「書いてくれへんと困るやろ」

ひとりがJを叱った。

わたしの溜飲《りゅういん》が下がる。

「あ、ごめん」

Jは文庫本を閉じ、教科書をちらと見、定規を使わず短い時間ですぐにしあげた。

ほかの四人の描いたもの、というより、描きかけているものとはちがう図だった。調理台や流し台、冷蔵庫、食器棚等の配置を、太いペンと細いペンのぬりはりで示し、ほかの四人が色を丹念に塗っている部分には、周囲をさっと色でかこんだだけの色づけにしてある。しかも、並列型だった。

「お、もうできたんか。この班の人は早い。ものごとに潔《いさぎよ》うとりくむスポーツマンシップがあってよろしい」

机間をまわってきた「スポーツマンシップ」が口癖の女教師は、Ｊの図をさっさと選び、教壇に持っていった。ほかの班からも図を回収したあと、

「みんな、八班の図をよう見なさい。並列型なのはこの班だけや。台所の面積に余裕があるんやったら、主婦にとっては並列型がもっとも家事がしやすいんです」

八班の作品を「正解」とした。Ｊの図を、わたしの班の全員の「解答」として褒めた。

その間、またＪは文庫本を読んでいた。

期末試験が返されたときも、読んでいた。

みな答案用紙を教師から受け取るさいには点数の部分を手で隠し、席にもどってからも、そこは折って隠しているのに、Ｊはひろげたままでいる。

六三点。わたしより二〇点も低い。

「隠さへんの？　大胆やなあ」

班のだれかが言う。

言われると、文庫から顔をあげ、儀礼的にふで箱を点数の上に置く。置いたあとはまた文庫を読む。

なに読んでるのん？　わたしはそのひとことが口に出せない。岩波文庫の赤帯。五〇〇番台。

フランスの小説の、なにを読んでるの？　わたしはそのひとことが口に出せない。

終業チャイムが鳴る。女教師が出てゆく。わっと歓声があがる。

数人が窓に寄る。女子生徒に人気のある、若い理科の教師が中庭をよこぎってゆく。J

「榊原先生や」

は文庫本を読んでいる。

そういう生徒だった。

わたしが譲歩して、わたしのほうからスタンダールが好きなのかと問うと、岩波文庫は字が小さいからきらいだと答えた。

そういう生徒だった。

定期考査の上位十人は、名前が廊下に貼りだされる。Jは入らない。

男子が選んだ三人の女子は「ベストスリー」として暗黙のうちに女子にも浸透する。Jは入らない。

「え、ああ」

いやな女。

わたしはJを、そう思う。

だれかをそんなふうに思うことはいやだ。そんな貧しい心でいることはいやだ。

が、貧しい心でいるほうが、Jをいやな女だと思わずにいるよりはまし。

◇

清川さん。

京美。

一学年上の朋子《ともこ》ちゃん。

両親。叔父。何人かの教師。町を歩いている人。仁。仁の横にいる小西《こにし》。清川さんの横にいる石坂さんと根岸さん。

わずかの人間たちで、あのころのわたしの世界はあった。

後年からすれば、清川さんとJ、あるいは仁とJ、京美とJ、石坂さんとJ……、そのあいだにとくにちがいがあったわけではないとわかる。微々たる差があるだけだったと。

にもかかわらず、Jはわたしを逆撫《さかな》でした。

逆撫でされたすべての場面を、わたしはいまでもすべておぼえている。

後年ならばこそ思うことは、各々の人間の、個性という微々たる差の範囲内において、たぶんJには、わたしにかぎらず、他人の神経を逆撫でする資質があったのだろう。とまれ、まるで親しくないのにもかかわらず、塵《ちり》ほどの反応ではあるものの、自分で自分をあぐねるほどすみやかに、わたしが暗い反応をおこしてしまう相手。それがJだった。

◆

母は水着をさがしている。
久しぶりに泳ぐからと自分の水着を。
たんすのあちこちが開く。
行かない。
わたしは、そう言いたい。Jのように。だが言えない。

◇

あのころ、わたしが日常的に見ていたみずうみには波があった。
砂浜があり、海水浴といえば、みずうみで泳ぐことだった。もしくは、そのみずうみへ注ぐ冷たい川。まみずでしか泳いだことのないわたしは、水母《くらげ》に刺された経験がない。

中学一年の夏休み。八月の第一週めの金曜の夜。

それが、Sにはじめて会うことになる前日だと、あのころ、当然、わたしは予知できなかった。

◆

長命の商店主で構成される会のようなものがある。その会の催しで泳ぎに行くことになっていた。

わたしはすこしも行きたくない。

従兄弟《いとこ》の仁やその弟や、兄弟と仲のよい男子たちや、家が商売屋である町内の、わたしの同級の女子たちや、その姉や妹などで一台のバスに乗って泳ぎに行くような親睦《しんぼく》。真っ赤な腸詰めの添えられた小旗のつきささったチキンライスを、この世でもっとも贅沢《ぜいたく》な食事と信じていられた愚かしい未熟を、自分ではとうに処分したのに、まだひきずっているにちがいないと、勝手に判断されているような親睦。

「明日は家でゆっくりしてたいんやけど……」

「夏休みになってからずっとゆっくりしてるやないの。明日はお父さんも来はるさかい、家ひとりやで」

「留守番してる」

「留守番なあ……。景子、ちょっと、そっちの箱のなか、見てくれへん。おととしに大丸で買《こ》うたやつ。いっぺんも着んままにしもといた、あのそらいろのん、あらへん？」

母は水着をさがしだすことだけを考えている。

「明日は家で……」

「家でひとりでなにするゆうのん」

「朋子ちゃんとTVでも見てる」

隣家の、一学年上の女子の名を出す。

「TVより泳いだほうがからだにもええやないの、けったいな子やね。岩崎《いわさき》さんとこの、京美ちゃんも来はるんやで。あんたお連れやろ」

京美とわたしは親しくはない。同じ学年だというだけで母親というものは仲がよいとする。

「同じグループになったことないもん……」

京美とは小学校の高学年のとき同じクラスだった。今も体育と家庭をいっしょに受けている。そして、わたしは彼女のグループに入ることが、ずっと、できない。

クラスとは無関係に学年女子全体でおこなう行事や作業のさいに、もっともこの事実は明瞭《めいりょう》になる。わたしは京美のグループには近よれない。

京美のグループに入れるのは、入れるものを持った人間たちだ。どういうものなのか、それがわたしにはわからない。目でも歯並びでも成績でもシャープペンシルでも、帽子でもない。京美のグループに入れる人間たちが持っているようなそれらなら、わたしも持っている。けれど、わたしは入れない。

入れるのは××や××や××や××や、それにJ。

わたしはちがう。Jが入っているのに、わたしはちがう。××でさえ入っているのに。

わたしが入っているのは、清川さんのグループ。石坂さんや根岸さんがいるグループ。グループ。清川さん、石坂さん、根岸さん……と、わたしはグループの人をそう呼ぶ。グループの人もわたしを、田中さんと呼ぶ。グループではない女子も、男子も、みな、わたしたちをそのスタイルで呼ぶ。そのスタイルでしか、わたしたちは呼ばれない。清川さんも石坂さんも根岸さんもわたしも、名字に「さん」をつけたスタイルでしか。

名前で呼ばれることはない。名字を呼び捨てられることもない。

京美のグループの人は、男子から名前を呼び捨てられる。女子からは、名前に「ちゃん」をつけたり、愛称で呼ばれる。わたしには、そういうグループに入れるものがない。

「グループて……。なんやのん、それ。そんな心のせまいこと言うてたらあかへん。だれとでもうちとけて仲ようせんと」

水着をさがす手を、母ははっきりととめて、わたしのほうを向いた。泳ぎには行かないと、わたしは、だから言えなかった。

◇

母は忘れていたのだろう。母も、母の母も、母の母の母も、父でも男でも、ぜったいに感じたことがあったはずなのだ。あるていど以上の数の人間がある場所に集まるとき、そこに集まった人間は、身につけたなんらかの空気によって、いくつかの群れが形成されるという感触を。

ただわたしの母は、忘れられるような反射神経を持っていて、だから父のような男と再婚したのだろう。

◆

かたん。
ときにバスは大きくゆれる。
わたしはとなりにすわっている。

京美のとなり。

みずうみに向かうバスに乗り合わせた町内会の人には、きっとわたしは京美のグループに見える。

新品のデニムの帽子は、脱がないでおこう。

京美のグループの一員らしく、校則違反のソックスをはいていると教師からたまに注意されるところもあるような生徒に見えるようにしよう。

「清川さんは来はらへんかったん？」

京美に問われ、わたしは、彼女の質問がまわりの人に聞こえなかったかどうか心配する。

「うん……」

わたしは、ある意図をもって、京美に答える。

「清川さんらは能勢《のせ》町のほうやん。家、遠いし、学校ではなんとのう話すけど、遊ぶときなんかは、べつに声かけあったりはせえへんの」

自分はとくに清川さんのグループと決めているわけではないし、清川さんのグループはそもそもがグループ意識が薄い。わたしは京美にそう感じさせたかった。

「へえ、そうなん。意外」

京美の反応はわたしをよろこばせた。

「そやの。べつに、いつもいっしょになんかするようなつきあいとはちがうねん」

わたしはさらに自分の自由さを主張しようとした。だが、

「田中さん、帽子、脱いだら？」

わたしのほうを向いた京美は頭を窓のほうへひっこませて言った。わたしの帽子は女王の視界を邪魔していたのだ。

「えと…、んと…ごめん」

謝ってたちまち頬が熱くなる。赤くなっているにちがいない。Jが家庭科の授業中にしてのけたような、流水のようなそっけなさで謝れなかった恥ずかしさに。

「顔に当たったりした？」

「ううん。帽子かぶったままやと、髪の毛がぺちゃってなるかと思《お》もて」

京美はなやかな顔にはなやかな笑みを浮かべ、わたしにガムをくれる。わたしは安堵《あんど》する。

「お姉ちゃん、あたしにも」

通路をはさんだとなりから京美の妹が手をのばし、二枚のガムを抜くと、自分のとなりにすわる、仁の弟に一枚をわたした。それを、うしろの席からさっととった手があった。

小西という、わたしがまようことなくきらい、きらってもすべての者が、きらうわたしを許してくれるような男子の手。

仁が誘ったのか。

仁としゃべらないようになったのは、仁がこの男子といつもいっしょにいるようになったことも一因である。小西と同じグループに従兄弟がいるような女子。わたしが京美のグループに入れないのはこれが一因かもしれない。

「はい、これ、わたしたげて」

妹にガムをもう一枚わたすために、京美の腕がわたしの腹の前を通った。小西の、些細《ささい》で日常的な、しかし、盗みの一種にはちがいない行動が、わたしと血のつながる従兄弟《いとこ》とともに行われたような居心地の悪さ。わたしはうつむく。

「小西くんて、大きらい」

ばつの悪さに、わたしは言った。

すると京美の、女王の両手は思いもよらぬことに、わたしの耳をおおった。

「わたしも。小西くんもいっしょやと昨日、聞いて、泳ぎに行くのやめよかと思《お》もたくらいや」

京美は手を、わたしの耳からはなすと、肩をすくめた。

「そやけど、来たん。なんでかていうたら……」

京美が来た理由はSだった。この会にいる市会議員が彼を誘ったという。市会議員は自宅の二階を英語塾にしていた。Sはその塾の臨時講師だった。

「今はしてはらへんの。そしたら今日、いっしょに来はるて聞いて、これは行かなあかん思もてん」

のびやかに、京美は、異性への興味を隠さない。

「Sちゃん、グッドルッキングなんやもん。ギターもうまいし」

Sをちゃん付けで京美は呼び、わたしが知らない英語で形容した。意味は見当がついた。

バスの先頭の座席で、市会議員とならんですわっているSのほうを、わたしは見る。

すこし髪が長い。痩《や》せぎみで、半袖《はんそで》のシャツから出た腕の皮膚の体毛は、はなれているのでよくはわからないが、薄いように見える。

「いくつくらいの人？」

「大学二年やわ」

「へえ。大学生……」

それは魅力的な「位置」だ。

「好きなくだものはプリンスメロンかなあ」

親とも教師とも兄とも、学校の上級生とも、同級の男子ともちがう、大学生という距離。その立場と年齢は、わたしたちにとって、踵《かかと》をすこしがんばって、すこしだけ上げればとどくところにぶらさがった果実のようなものだ。メロンは枝からぶらさがるくだものではないが、プリンスという部分に、その手のとどきそうさを想起させられ、わたしは言った。

あははと、京美は笑った。

「なんで急に好きなくだものなんか。田中さんて、意外におもしろいこと言うんやなあ」

「え、なんとなく……」

京美が笑ってくれたのがうれしかった。熱が出て学校を休み、家で布団に入っていても苦しかったのが、翌日か翌々日の真夜中などに、熱がひいてゆく気配をかんじるときがある。らくになったわけではなく、これから確実にらくになってゆくだろうという気配をかんじるとき。そんなときのように、わたしは自分のからだのなかに、それまで味わったことのない、なにかが晴れてゆくような気配を感じた。

「プリンスメロンか。きっとSちゃん好きやわ。けど、だれかてプリンスメロンは好きなんちがうかな」

「そらそやな」

京美とわたしはいっしょに笑う。ハーモニーが合うかんじ。いいことがきっとある。

「まあ、たまにはきらいていう人もいはるけど」

「そんな人、いはるかな？」

「いはる」

Jはメロンがきらいなのだと京美はおしえた。ごく一瞬、自分でも気がつかないほどの一瞬、つい今、わたしが感じた心地よい気配を、Jの雲が隠す。が、わたしはそれを吹き消す。

「メロンがきらいやていう人なんか、はじめて聞いたわ」

「ううん。マスクメロンだけ好きなんやて。あんまり甘《あ》もうないさかい。あの子、けったいなんやで、モンブランケーキがいちばんきらいな食べもんなんや」

「へえ。そんならなにが好きなん?」

「そやからマスクメロンやがな……、あっ」

京美はJの話を放り投げ、手をふった。先頭のSに。

Sもふりかえした。笑顔。瞳《ひとみ》。強い。

「なあなあ、Sちゃんと榊原先生とどっちがグッドルッキングかな?」

全学年の大半の女子生徒が名前を頻繁に口にする理科の教師とSを、京美は比べる。

「Sちゃんと榊原先生て、似たタイプやと思もわへん? フィーリングも外見も」

「そうかも……」

わたしはずっと、理科の榊原は、叔父に似ていると思っていた。

「背が高いぶん、Sちゃんの勝ちかな」

Sは長身なのだと、京美の判定からわたしは知る。その肉体的要素は男にとって、あらかじめ第一次の関門を無条件に通過することのできる、その要素を持って生まれつかなかった男たちに、残忍なまでに、持って生まれつかなかったことをまざまざと知らしめる特典だ。

「そやね」

わたしもSに票を投じた。残忍に。

◇

あのころの男の品評、異性を品さだめするという悪行については、後年のわたしは苦笑してすませることができる。

決して誇れる行為ではないが、そこにはたあいない、経済社会をまだ見ぬ者のおおらかさがあった。

生活の糧《かて》は資産の多少に左右される現実を知らぬ者は、異性の、顔やからだつきや声やしぐさや、そしてひととなりという、その異性の、純然たる個性だけを評すればよかった。彼が属する会社組織の名前や卒業した学校の名前や車についた名前や洋服についた名前や、そして彼が社会から得て自分が横取りできる金銭の額ではなく。

あのころ、わたしと同じ年齢の女たちは、男をたあいなく品評したが、自分たちと同じ年齢の少年は品評しなかった。ごく数人の例外をのぞき、彼らは女たちが品評する域に達せぬほど少年だった。男ではなかった。

後年、わたしは、わたしとはちがう偶然にいた女たちに会うことになる。中学でも高校でも「同級の男子生徒」という存在を持たなかった偶然。中学でも高校でも若い男の教師に会わなかった偶然。彼女たちの過去の環境に、わたしはおどろいたが、すべては偶然なのである。わたしとはちがう偶然に彼女たちはいて、わたしはわたしの偶然にいた。

家と学校を往復するだけの世界で、女たちは若い理科の教師を、国語の教師を、塾の講師を、それから、自分たちの世界とは交点を持たぬブラウン管やスクリーンの向こう側にいる男たちを品評した。

◆

噛《か》んでいたガムを、京美は銀紙に吐き出す。

わたしも吐く。

バスがみずうみに着いたのだ。

砂浜にも水のなかにも、人が大勢いる。

わたしはその日、ずっと京美と泳ぎ、着替えをし、昼食をとり、午後にはSと話した。

「先生、ギター、持ってきてへんの?」

英語塾で呼んでいたように、京美はSを、先生、と呼ぶ。

「泳ぎにくるのに、なんでそんな荷物になるもんを。俺は流しの芸人とちゃうねんで」

「そやけど、あそこ見てみ、あの人、ギター持ってはるやんか」

京美は、砂浜よりは高くなった一角をゆびさす。そこはキャンプ場らしく、テントがいくつかならび、うちひとつ、ギターがたてかけられたテントがあった。

「あれはキャンプしに来はった人らやろ。夜のたのしみに使《つ》かお思もて持って来はったんや」

「夜のたのしみ」

仁と小西のくだらぬ囃《はや》しも、その日のわたしの、京美のグループに、かりそめにせよ、入れたようなはなやかな心地が気にさせない。

仁と小西は、キャンプ客からギターを借りてきた。客は親切にも、ヒットソングブックも貸してくれた。

「先生、なにか弾いて」

「えー、しょがないなあ」

shy。英語塾には通っていないわたしも、その単語は知っていた。みずうみの波が砂浜に寄せて返すように、その単語がSに寄せ、返したときに、彼はギターを弾きはじめた。

松林の木陰。

風がときに抜けてゆく。

さらさら。

罫線《けいせん》のないノートに書くなら、そんな擬音だと、わたしは思う。

さらさら。

コード表と弦を見るためにうつむいたSの、体温が低そうな、汗をあまりかかなそうな、あぶらけのない皮膚の質感。

◇

正当性より勝るものが、現実にはあるのだろう。

あの夏、Sが弾いたバラードよりも、仁と小西のリクエストに応じて弾かれた歌のほうを、わたしは鮮明におぼえている。とても安っぽい歌だった。

今年の夏はとくべつな夏
十七の夏だから
女の子がはじめてを体験する
渚《なぎさ》をかける白い波

この恋はいちどだけ
いちどだけの永遠

木立の風はとくべつな風
十七の夏だから
女の子がときめきを体験する
テラスを抜ける甘い風
この恋はいちどだけ
いちどだけの
いちどだけの
いちどだけの
いちどだけの永遠

ｈｏｐｅｌｅｓｓ。あのころに犯されながら、あのころ習った英単語で形容するなら、ｈｏｐｅｌｅｓｓなほど安っぽい歌詞と旋律の歌だった。

二十年という時間の篩《ふるい》にかけても、かけたからよけいに、あの歌の安っぽさが断言できる。

安っぽいということは、通俗的であるということとは、まったくちがう。音楽でも文学でも絵画でも演劇でも、創作された作品において、通俗的であることは普遍性をもった名作になる必要条件である。

歌っていたのは湯川アリサ。彼女の歌には二十年を経ても、普遍的な名曲がほかにいくつもあるのに、あの日、みずうみのほとりで、仁と小西がリクエストし歌い、Sが伴奏した歌は、今ではおぼえている人が少ないとても安っぽい歌だった。

さっき、この安っぽい歌はラジオから流れてきた。みずうみに着き、エンジンのキーを抜くまでの道路で。

安っぽい歌のせいで、わたしは車を道路からそらせ、一旦《いったん》、車をとめ、ドアガラスに頭をもたれさせて目をとじなければならなかった。

十七というその年齢。

ほんの先にあるだけの十七という幼い年齢さえも、はるか向こうの先にある時間だとしか感じられなかった、あのころ。

あのころの、一日一日の、一時間一時間の、その時間の重さに、その時間の濃密さに、いたたまれなくなった。

ｈｏｐｅｌｅｓｓに安っぽい歌詞と旋律が追い打ちをかけた。

ベージュのカーペット。

合成レザーのスリッパ。

もう会えることなどないと思っていたのに、Sが隣家にいた。

「あ、おぼえてる？」

屈託なく、Sは言う。

「泳ぎに行ったときに、へたなギターを弾いた……」

京美ならSがなんの曲を弾き、どんな歌の伴奏をしたかはすっかり忘れているだろう。

二年になって、同じクラスになったのに、わたしをやっぱり清川さんのグループに置いておくように。

「おぼえています」

わたしはSに、つたえる。

京美と同じ二年一組であること。みずうみでは京美といっしょにクロールに挑戦したこと。そのときSが着ていたシャツの模様。よくおぼえていますと、わたしはSにつたえる。

「うんうん、そやった。あの服、あのあとすぐ、掃除してて釘《くぎ》にひっかけてやぶいてしもて、捨てるはめになってしもたけど」

Sは、そして、わたしを呼んだ。

「景子ちゃん」

と。

清川さんや石坂さんや根岸さんと「まわしノート」をしているわたしを、景子ちゃんと。

「景子ちゃん、ひさしぶりやったなあ」

と。

眼鏡をかけてきたこと、トレーナーとだぶだぶの、寸たらずのようなズボンをはいてきたことを、わたしは、とりかえしのつかない失敗のように後悔する。

「なんや、Sさんと景子ちゃん、知り合いやったん?」

隣家の朋子ちゃんは、自分の同級生にわたしを紹介する。

中学二年の春。

泳ぎにいってから半年と少し。

あのころの時間の感覚では、一学期が一年だった。

わたしは、数年ぶりにSに再会したように感じた。

再会した場所は隣家。

わたしが隣家にSを紹介したようなものである。

泳ぎに行った日、バスから降りるさい、Sはみなに名刺のようなメモ紙を配った。家庭教師のアルバイトをさがしている家があったらよろしくというようなことを言い添えながら。

わたしはそれを、回覧板を持っていったさいに、隣家にわたした。

高校受験をひかえた娘に家庭教師を雇う。そんなことは、当時の長命では、その家庭の経済力とは無関係に「異様」なことだった。だが、三人なり四人なり、複数で「勉強会」をして、大学生なり退職教師などに、補習や受験勉強のアドバイスを受けることは、異様ではなかった。

隣家の娘とその同級生の、付録のようなかたちで、わたしは、週に二日、Sに会うことになったのである。

こうして、わたしはSに恋した。

恋に理由はない。

そんなものはない。

過程すら恋にはない。

そんなものはない。

もしそんなものがあるのなら、なぜヒュー・ヘフナーやラリー・フリントは自誌をヘレン・ケラーとマザー・テレサのグラビアで毎月飾らなかった？　彼らが世界にばらまいた彼らの雑誌は、瞬間的であるにせよ、だからこそ恋の瞬間である。

◆

「びっくりした」

Sは時計をふりかえる。

わたしは笑う。

笑いながらも、鼻をハンカチで拭《ふ》く。目ではなく。鼻が皮脂でひかっていないかとずっと心配だった。

時計のなかで兵隊が回転する。わたしたちが前にしている、$y=2x^2$の放物線のような、細長い、黒い帽子をかぶって、わたしたちの上方で、くるりと。

◇

折りたたみの卓袱台《ちゃぶだい》をふたつ向き合わせに置いた隣家の部屋。父の部屋からはりだしたテラスづたいに、かたちばかりの両家の仕切りになった柾《まさき》の植え込みをひょいとまたいで入れる部屋。カーテンはなく、花茣蓙《はなござ》を敷いた板の間。この部屋でわたしたちは「勉強会」をした。短いスカートで正座すると、ももまでスカートがずりあがった。

たまに、わたしの家の、叔父が母の帳簿を繰る、天鵞絨《ビロード》のカーテンのある部屋で、した。隣家の娘とその同級生が、京都に模擬試験を受けに行く日や、最上級学年だけの学校行事がある日や、ふたりがそろって生理痛になった日などに。

室内装飾が、家のほかの部分とそぐわぬ、この唐突な部屋で、わたしがSと会うときというのは、だから、わたしと彼のふたりだけだった。

行ったことはないMONAのように密室だったわけである。鍵《かぎ》はかけなかったけれども。ああ、MONAというのは、長命を通る私鉄がJRとぶつかる町の中間ぐらいにあった連れ込み宿。ヘンリー・ミラーの小説の女主人公の、ふたりのうちのひとりの名前の。煉《れん》瓦《が》造りの。

密室には、ひどく立派な時計が壁に、頑丈に固定してあった。定時ごとにファンファーレが鳴る大きな時計。ギンガムチェックのズボンをはいた、ラッパを手にした兵隊人形が二体、文字盤の下のガラスのなかでくるりと回転する。

わたしはもちろん、仰々しいその時計が定時にすることを知っていた。が、Sは知らなかった。

はじめてファンファーレを聞いたとき、彼は、わあっ、と椅子からたっておどろいた。わたしは大きな声をあげて笑った。まなじりににじんだ涙をゆびでおさえるくらい。そんなに笑わなくてもいいではないかというようなことを、Sは言い、わたしの髪をひっぱった。いや、やめてという主旨の、ことばとはいえない、息のたぐいのようなものを、わたしは吐きながら、Sの腕をはたいた。

あの息。

無知であることの恥ずかしさを知った後年には、殺すぞと脅迫されても吐けない。

あの息。

腐乱しそうなほどの媚《こび》だけを集めて、わたしの口から吐かれた、息、の、ようなもの。

◇

なやましい息を吐くわたしは、秘密にする。

家庭教師を得たことを。

それは、ふつう、のことではない。長命のような町ではふつうではないことは、清川さんにも石坂さんにも根岸さんにも、あらゆる人に秘密にしなくてはならない。

家庭教師をしてもらっているのに十番内の席次ではないことは、かっこうがわるい。そんな見栄《みえ》を、わたしは許せない。自分が薄汚くて許せない。

それでも、そんな見栄を張らないではいられない。教師から返却された答案用紙の点数の部分は、たとえそれが一〇〇点でも隠す。六三点ならもちろん隠す。

隠す理由は、一〇〇点と六三点では正反対だが、自意識との格闘は、他人には隠さないといられない。

◇

あのころの瑣末《さまつ》な自意識を嗤《わら》えるまで視界が広くなった、現在の風通しのよさを、わたしはよろこぶ。あのころには、瑣末なことが、生死を決めるほど重要だった。

あの無知で甘ったれたぶかっこうさを、ただ涙のみで綴《つづ》ったり撮ったりした無知で甘ったれてぶかっこうなものを、今では笑える。

◆

罫線《けいせん》のある、はかない色彩のノート。

五時間目と六時間目のあいだの休憩時間に男子たちが避妊具を膨らませて廊下でさわいだと、いちごパイナップルチョコレートさくらんぼレモンが、その男子たちのようにさわいでいるノート。

わたしは、ぽいと机のはしに放り投げる。

清川さんは眼鏡をかけている。

清川さんは男子と話すときだけ、眼鏡をはずす。

石坂さんも根岸さんも眼鏡をかけている。石坂さんも根岸さんも、男子と向かい合うときには眼鏡をはずす。

ちがうのに。

ぜんまいじかけのおもちゃのようなことをしても、京美のグループに入れるわけではないのに。

京美のグループの女子は、ものがたりを読まない。わたしの父が百科事典を開くように、絵や字や映像を、ながめることはあっても。

清川さんや石坂さんや根岸さんは、ものがたりを読む。絵や字やフィルムでかたられるものがたりを読む。

なのになぜ、なぜJは京美のグループなのだろう。

まちがっている。

かそけき月光。癒《いや》しの紅茶。朝の森。

わたしは、借りたものがたりも、罫線のあるノートの上にぽんと置く。

清川さんや石坂さんや根岸さんが貸してくれるものがたりには、月光や紅茶や森がいつもある。かもめやライ麦やメープルシロップが、透明な夕焼けの空が、すずらんについた水滴が、運命のガラス玉が。

少女の、外見ではなく内面を与《くみ》する少年がいる。少年は自慰も夢精もせず、少女はカツカレーを食べず、白血病になる。

きれいじゃない女の子は、なぜとびきりきれいな女の子にしか許されないものがたりに、きれいじゃないのに共感できるのだろう。

ちがうのに。

なぜ、わたしはこんなグループにいるのだろう。なぜ、わたしは、ここに配属されているのだろう。

◇

しかし、わたしは、同じグループの同級生を好いていた。

京美には、グループとはそっけないつきあいしかしていないと言いながら、わたしは彼女たちに、忠誠を誓っているといってよかった。

彼女たちは……、いい子、だった。

五人ともいい子だった。それは皮肉ではなく、ほんとうにそうだった。

humble。彼女たちは、つつましかった。いつかプリンスが訪れるバルコニーを夢見るのではなく、いつかキッチンに、まほうつかいのおばあさんが訪れるのを夢見ていた。眼鏡さえはずせばシンデレラになれるまほうの水を、おばあさんからもらう日を信じ、いい子にしていた。

だから、彼女たちはいつも、いちごにパイナップルにチョコレートにさくらんぼにレモンになって、罫線のあるノートのなかで、Jをからかった。Jの目のかたちを、鼻を、口を、ほくろを、態度を。Jの欠点を、2を2^9にして、あげつらねて。

低能そう。あたしだったら整形する。開きっぱなし。業深《ごうふか》っぽい。ベストスリーでもないくせに。ウチらよりずっと績順は下のくせに。

葡萄《ぶどう》は、みなに同調して書いた。

Jは全然、美少女じゃないってことでアリマス。

おどけて書いた。みな、葡萄に同調した。

罫線のあるノートは直截《ちょくせつ》かつナーヴァスな掲示板だった。それは、いうなれば真夜中の学校のプールだった。

わたしたちはそこで、感情の本筋から逸《そ》れて、水につかっていただけだった。ノートに書きつけた感情に実体はなかった。

いちごもパイナップルもチョコレートもさくらんぼもレモンもわたしたちでありながら、だれひとり、わたしたちではなかった。だれひとり、Jと深い接触がなかった。深い接触をもったさいのJを仮定することもできなかった。

だれかを中傷するためにではなく、だれかを中傷するという感情をあじわうためのプール。仮想のプールで激しいばたあしをしている時間が、地味なグループに配属された者たちの、おだやかさを保っていた。

◆

『やるきに欠けるが――』

成績表には、そんなくだりがあった。「行動の所見」の欄。担任教師が書いたそこをゆびさし、母はわたしを心配する。

『情操的には秀逸な個性がみられるので――』

父は、そのくだりをゆびさし、母をなだめる。

「コンタクトレンズにしたい」

わたしは、わたしなりに父母をなだめて、父母にねだる。

「学校の勉強の話してるときに、なんやの」

母は、機嫌を悪くする。

「黒板の字がよう見えへんのは、なんやイラつくねん」

わたしは、ほんとうのことだが嘘のようなことを言う。

「そういうことはあるやろ。視力と脳は密接なかかわりがあるさかい。夏休みに入ったら大丸に入ったある眼鏡屋へ買いに行こ、な」

父が言う。

父が発言することは、母をなだめるということで、父になだめられて母は機嫌をよくする。

◆

わたしは、父母への愛、父母からの愛、父母への感謝を、臆面《おくめん》もなく公言するような性分ではない。ただ、母は父のような男と再婚した、二度目の結婚には父のような男を選ぼうと「考え」たような人だった。母はすなおな人だった。父もそうだった。すなおさが表面にでるさいの、愚鈍な部分だけを見るのが、あのころにある人間の特徴であるように、わたしも、彼らを容赦なく軽んじていた。軽んじながら、彼らと住まうことを拒否することはなかった。彼らの金で自らの衣食住をまかなってもらっていることに羞恥《しゅうち》をいだきもしなかった。

◆

罫線《けいせん》のないノート。
見せないノート。
わたしは書く。
スパイラル・コイルのノートに。

Sと木洩《こも》れ日の小路を歩くシーンを。

小路に咲く、ふたりとも名前を知らぬ花や木や、その葉のかたちを。

のたのたと這《は》うてんとう虫の動きを。

さしておかしくはないのだけれども、ふたりで見ればとてもおかしいと。

罫線のあるノートをまわす女の子たちが涙するほど大好きなものがたりを、罫線のないノートに書く。

わたしはSとふたりで笑いたい。木洩れ日のきらめきに、てんとう虫の、自然界があたえたオレンジ色の斑点《はんてん》のユーモアに、ふたりで感動したい。

わたしは言わない。

だれにも言わない。

胸のうちはだれにも。

木洩れ日も花もてんとう虫もどうだっていい。

わたしは、Sにいやらしいことをして欲しかった。

◇

性欲。恋に墜《お》ちた者にあるのは、これだけだ。

わたしは決して、人の、けものではなく社会を営み、社会に暮らし社会で泣き笑うなかでの自尊心を軽視する人間ではない。人は、社会を営むと同時に、放屁もし排泄もし洟もかむということを無視することはできないことを、自明の理としているだけの、言ってみればごくふつうの人間である。

セックスをしたいという欲望と、恋に墜ちた者を焦がす性欲との差が、歴然としていることもわかる、ふつうの人間である。

差は、ただひとつ。

前者の欲望が、セックスさえすれば消滅するのに対し、後者の欲望は、いつまでもさびしい。

恋する者は、性欲に焦がされながら、同時に、氷のようにさびしいのである。

◆

真夜中。

わたしはSのくちびるを想う。

それが自分のそれを塞《ふさ》ぐことを。

ぬめった舌が、わたしの口のなかの、わたしの、ほんとうは見破ってほしくてたまらない強がりを、壊滅することを。

わたしは、わたしの肉欲に責め苛《さいな》まれる。

見破ってほしくてたまらない情欲は、いつ見破られて攫《さら》われるのか。

夜がきらい。

夜が大好き。

夜を痛めつけたい。

許してくださいと音をあげ、弱ったら、夜に包帯をして、看病して、わたしはここにいるわよ、と、ほほえみたい。

◇

だが、あのころのわたしは自分に性欲があることを決して認めなかった。

泳ぎ、投げ、走り、炊き、焼き、裁ち、縫う所作のたいていを教師から咎《とが》められずにこなしたわたしが、一点だけには目をつぶったように。

走り高跳びのバーだけはどうしても、わたしはJより高く跳べなかった。

Jが跳んだバーの高さの事実は、数字という公正によって告げられているにもかかわらず、その差が、わずか五センチであるということで、わたしは劣りを認めなかった。

あと一回さえトライできれば、わたしだって跳べた。そうわたしは納得させた。Ｓへの愛はプラトニックだと納得させるように。


いちごやパイナップルのあいだをまわるノートにあげつらねたＪの外見的な欠点は、事実ではある。

だが、それらの誹謗《ひぼう》をすべて帳消しにしてしまう足を、Ｊは持っていた。歩くとき、走るとき、そして跳ぶとき、Ｊの足は、一篇《いっぺん》でも詩に感じ入ったことのある者のだれでもの、自己の心の奥にあるさびしさを表面に押し出してしまう、愛らしいポンプのように動いた。

あのころのわたしの、相反する感情のはざまでの苛立《いらだ》ちと、相反する感情の裏側での整合を、認めたくないのに提示してくるような点において、Ｊはわたしを逆撫でしたのだと思う。

◆

雨がふっている。

考えなしにあぶらを落としたフライパンのように、雨がたらたらと窓ガラスをたれる。

わたしは、椅子をひく。

わざとひく。

「あーあ、疲れちゃった」

しんどい、ではなく、疲れちゃったと気取《きど》る。このていどの気取りは、すぐに許す。

ひいた椅子と、机のあいだに隙間ができる。

スカートの裾《すそ》と膝《ひざ》のあいだにもできる。

わたしは足をくむ。

左のふとももを、右のふとももの上にのせ、しばらくして、右のふとももを左のふとももの上にのせ、Sを観察する。背後にいて、背後から、問4－(7)の方程式を見ている彼を。

ちら、ちら、と。ちら、ちら、というていどの視線を、おもむろに彼につたわるように。

Sの視線が、わたしの足におちる。

わたしは満たされる。

きっと、この満潮はフィジカルなものではなく、きわめてメタフィジカルなものだ。

わたしはセックスをしたことがないのだから。

◇

満たされた雨の日、わたしは十四歳だった。

一学期のおわり。あさってから永遠のようなバカンスがはじまろうとする、淑徳の鍵《かぎ》が不用心に開いてしまう、好機の雨の日。

後年になって思うことは、あの雨の日のほうが、Sのくちづけを受けたときよりもずっと官能のエクスタシーだったということ。

七月十九日。

わたしのしたことは、ただ、唐突な部屋で、唐突に、Sに見えるよう足をくみかえた、それだけだったけれども。

◆

はじめて見る。

Sの頬が染まるのを。

方程式の上で、赤鉛筆は停止する。

足をくみかえたのに、わたしは、次にはどうしたらいいのかわからない。

「すごい雨やね」

緊迫感に耐えきれず、わたしは言う。

「うん」

Sは言う。

◇

あのころゆえの傲岸《ごうがん》なる楽観ではなく、後年ゆえの客観と、悲観さえともなわせて、わたしは、あの雨の日の男と女をながめる。

彼女は彼が好きだった。彼も彼女が好きだった。彼女と彼は合意したのである。

だがふたりは、言ってみれば、諸事情により、次にすべき行動に移行するタイミングがわからなかった。

彼女は、百年以上も前に死んだスタンダールの忠告を知っていた。『あまり早く身を任せる女との恋には、第二の結晶作用はほとんどない』。

十四歳の女と二十歳の男の、精神年齢は同級生といっていい。

彼も、百年以上も前に死んだこのフランス人の『女は自分の与える恩恵によって男に執着する』という忠告を知っていた。二十歳の男の子にとって恩恵とは、女が身を任せること。

雨の音だけが残った部屋で、明日は終業式だと彼女は言い、夏休みにはどこかへドライブに行こうかと彼は言い、ふたりはここを出た。

◆

終業式のあと。

廊下でわたしは水彩画を落とした。

スタートを切った夏の風は廊下に吹き、わたしが、どうでもいい気分で描いた水彩画は、ひらひらと長い廊下を飛んでゆく。

わたしは歩く。

拾おうとして。

拾えなくてもいい。

美術は「3」だった。水彩画など、どうでもいい。

どこかへ飛んでゆき、わからなくなってしまっていい。それでいい。

歩く。

拾おうとして。

自分が落としたものは拾わなくてはならない態度を示さないとならないから、ただ追うだけ。

紙が他人の脛《すね》にぶつかる。グレーのズボンをはいた脛。紙が拾い上げられる。

わたしは走る。

「わたしのです」

手を出す。担任の教師が絵を見る前に、わたしは彼が拾ってくれた水彩画を彼の手から抜き、くるくるとまるめる。

担任はわたしを一瞥《いちべつ》する。わたしは目を合わさぬようにする。

わたしの「情操」の「個性」とやらを評価してくれた担任。

「あとひといき」とやらの「積極性」とやらが加味されればと、成績表の行動の所見の欄に、ボールペンで記入した担任。

これからはじまるバカンスを、きっと彼は、教師というレールを守って送り、秋にはまた、わたしに言うんだろう。もっとやるきをだせよ、とか、やればできるんだよ、とか。

「すみません」

頭を下げ、頭を上げる。上げたときにだけ、わたしは担任を一瞥した。

この男は去年の秋、大きな都市からやってきた。その話し方の東の音調《イントネーション》のせいか、ある種の通じなさを女子生徒に与えた。若い男だが、理科の教師ほどには女子はさわがない。かわりに男子生徒がよく纏《まと》いついている。その話し方の音調は、男子たちには、ある種のぞんざいさゆえに、近よりやすさを与えるようだった。

「失礼します」

踵《きびす》を返す。

わたしは彼があまり好きではない。顔が好きではない。どことなく酷薄な顔をしている。

七月二十日の正午。わたしはげた箱のほうへ、だれもいない廊下を、ひとりで歩いていった。

蛞蝓《なめくじ》みたいな顔。

罫線《けいせん》のあるノートに一行、葡萄は書く。

◇

みずうみはかがやくのをやめた。

日が沈んだのだ。

わたしは車にもどった。

二年のときの担任は、国語の教師だった。なんという名前だったかおぼえていないが、彼が女子生徒に与えた「ある種の通じなさ」というのは、蛞蝓みたいな顔だとわたしがノートに書いたこととつながっている。

彼は、ほかの多くの男性教師のように女子に点が甘くなかった。が、それはむしろわたしも含めた一部の女子に好感をいだかせた。

あのころ、わたしは彼の、ただ顔が怖かった。

どことなく酷薄であるとしか、当時のわたしには語彙《ごい》がなかったが、もっと正確に言うなら、彼の顔はどこか好色だった。それは思春期にある女が、本能的に警戒し、警戒するがゆえに嫌悪し、嫌悪が強くなるとおぞましさを感じさせるものである。自らの好色に、もっとも目を塞《ふさ》ぎたいのだから。

◆

彼がわたしの水彩画を拾ったというだけで、わたしを追いかけてきた生徒がいた。

「ちょっと、みんな、待ってて」

中庭から、鋭い声が聞こえた。

と、わたしは肩をつかまれる。

ふりむくと、バレーボール部の女子がいた。

「なにしゃべってたん？」

彼女は、わたしが、担任となにを話したかを執拗《しつよう》に問う。

「なにも」

いくら言っても、同じ質問をくりかえす。

「なにも」

同じように答えるしかない。

◇

だが、バレー部の彼女が夏休みに突入した日にしたことと同じことを、わたしは、夏休みの終わりに、Sにした。

八月三十日。

彼の車で、みずうみに行った。以前、彼がギターを弾いたような、泳ぎに適した浜ではなく、葦《あし》の繁《しげ》るみずうみのほとりに。

◆

「そんなことない」

Sはわたしを見る。

自分は京美のようにきれいではないと、わたしが言ったあとに。

「景子ちゃんには景子ちゃんのいいとこがある」

わたしは満たされ、向こうに停まった彼の車を見る。

その車に、わたしは家からずっと離れたところから乗った。母には石坂さんとふたりで映画に行くと嘘をつき、石坂さんにはひとりで京都をぶらぶらしてみたいからいっしょに映画に行ったことにしてくれと嘘をつき。

嘘さえ、胸を高鳴らせた。

小さな飾りのついた麦わら帽子が、風にとばされぬよう、わたしは鍔《つば》をおさえる。

Sは帽子を脱がす。

てのひらがわたしの頭におかれる。

髪の毛が撫《な》でられる。

わたしはうつむく。

きいろい花。

わたしは額と頬と顎にSのくちづけを受けた。

官能とはまったく異なる、清新なくちびるは、わたしを、かなしいよろこびで満たした。

「遺書を書いたん」

うつむいたまま、わたしは言う。

「遺書？」

Sがわたしの顔をのぞきこむ。わたしは彼に背を向ける。

「死にたいの？」

「ううん」

「なんで遺書書くの？」

「さびしいさかい」

「遺書書いたらさびしいなくなるの？」

「ううん」

「そやろ。さびしいなくならへんやろ」

「うん」

「これからいっぱいええことがあるんやで」

「ううん」

「なんで？」

「今がいちばんやから。ここにこうしてふたりでいるときが、いちばんしあわせやから」

「そんなことない」

「なんで？」

「もっとしあわせになるさかい」

「ほんま？」

「ああ、ほんまや。待ってる」

「待ってる？」

わたしは彼のほうに向きなおる。

「うん。待ってる」

なにを待つのかとは、わたしは、もう訊《き》けない。答えがわかったから。

けれど、十七や十八や十九や二十や、そんなずっと先を、わたしは待てない。だが、わたしはSに言った。

「じゃあ、待ってて」

Sは、きいろい花の飾りのついた麦わら帽子を、わたしの頭にかぶせた。

「麦わら帽子も、もうおしまいになるなあ」

おしまい。Sが季節のことを言ったのだとよくわかりながら、わたしは泣きそうになる。

「どうしたん？」

「なんでも」

わたしは小石をみずうみに投げた。

Sも投げた。

そして車にもどった。

◇

車が走りはじめてまもないころだっただろう。わたしはJの名前を口にした。なにかふたりの話題が、彼女をわたしにふと思い出させたのである。ああ、Jさんかと、Sは言った。英語塾に来てたから知っていると。

◆

「ああ、知ってる」

Sは言った。

そしてだまる。

そして、また言う。

「知ってるよ」

息が洩《も》れる。さびしさが表情にまじる。

「すご大人っぽい子やろ」

聞いたとたん、わたしは、大きな声を出した。

「おろして」

「え？」

「車、とめて。おろして」

Sはわたしを見、すぐにまた前を見、一時停止できるようなスペースのある場所に、車を逸《そ》らせる。

「気持ち悪うなったん？」

わたしはかぶりをふる。

「どないしたん？」

「なんで？」

わたしにはわからない。大人っぽい、という顔をJはしていない。甘ったれた顔やんか。態度も。甘やかされて育ったのに決まってるやんか。大人っぽいことなんかあらへん。すこしも。テストの点数を隠さないことが？　わたしがさきに読了した岩波文庫を、わたしよりあとに読んでいることが？　なんで？

「なんで、て、なにが？」

「Jさんが大人っぽいて、どういうこと？」

「どういうことて、とくに意味はあらへん。雰囲気がほかの子より、大人びてるなと思《お》もた印象があるていうだけのことや」

「それで？」

「それで、て、それだけや」

「それで？」

「そやから、それだけや」

◇

それからわたしは、Ｓの車から出るまでずっとだまっていた。

おりたところは、住む町のなかでも、近くでもなく、ＪＲが通る中宮《なかみや》の駅前だった。

駅前にある、当時のわたしには高級に映った和食を出す店にＳはわたしを連れていった。

〈なんでもごちそうしたげる〉、そう言ったＳのやさしい声。あれが、わたしが恋したＳの声を聞いた最後だった。

あの声を聞いたすぐあとに、わたしは彼から冷めた。

「景子ちゃん、おなかすいたんちがうか？　おなかすくと人間、不機嫌になるもんな。ぼくもおなかすいたもん」

そうして、彼はわたしの前で、食べはじめた。

二本の箸《はし》が、彼の手のなかでバッテンになり、ふしだらに大きく開き、魚の身をすくうようにはさむ。骨からきれいに身がとれるわけもなく、食後は、あばら家の破れた障子紙のように、骨にむごたらしく身が残っていた。箸は魚を煮た汁にどっぷりと汚され、半分以上がちゃいろくなっていた。

店を出ると、礼さえ言わず、わたしは私鉄電車に乗って長命まで帰った。その電車賃までSからもらった。

◆

Sが電車賃を出すのは当然。

憤《いか》りは、わたしにそう思わせた。

◇

十四歳のわたしは、ひどく落胆したのである。

しかし同時に、ただ一ヵ所の打ち身の痕《あと》は、やがて消えるようにも思えた。思おうとした。落胆が大きかっただけに、消えますようにと祈る気持ちも強かったのである。

◆

長命駅から自分の家に向かって歩き、家のあるブロックにつく前に、方向を変えた。氏家会計事務所。看板がかかった門をくぐり、呼び鈴を押す。

仁の声。

「景子や」

わたしは上を見る。

仁の顔のそばに、小西の顔も現れる。

「なんや。どうしたんや」

ふたりはそろって階段をおりてきた。

「べつに。叔父さんと叔母さんは？」

「ふたりともおらへん。もうすぐ帰ってきよるわ。あがれや」

わたしは麦わら帽子を、玄関のフックにかけた。

「すいか、切ってん。食うてったら」

ダイニング・キッチンのテーブルに、すいかが出しっぱなしになっていた。実のなくなった皮も。

男子ふたりは、わたしをキッチンに残し二階へ行ってしまう。

すいかに手はつけず、わたしはテーブルにかた肘《ひじ》だけをついて、こしかけていた。

ばたばたと階段をおりてくる足音がして、

「どや、これ」

小西が、わたしの前になにかをひろげた。近すぎてよく見えない。

「なんやのん」

小西がひろげたものを、わたしは見直す。

それは週刊誌だった。小西がひろげたページは、巨大な乳房を、極小の下着でおおった女の写真だった。女は四つん這《ば》いになっていた。つきあげた臀部《でんぶ》にナイフがあてられていた。

きゃあと赤くなって叫ぶとでも、ふたりは期待したのだろうか。昨日であれば、この写真になんらかなりの反応を示したかもしれないが、今日は、自分で自分を処せないほどの落胆にとらわれて、無表情だった。

「どや、こんな写真、おまえも撮ってもらいたいか？」

小西のばかばかしい質問も、たんなる音として、聞き流す。

「こういう写真を撮らせとる女が、長中にもおるんやぞ」

「そらよかったな」

皿やテーブルにたまったすいかの種は虫のようだ。放置しておくと蠢《うごめ》きはじめるかもしれない。わたしは種を見ている。

「Jや」

「え？」

わたしは、小西のほうを向いた。

「あいつはもう処女やない」

「……」

わたしはなにも言わない。なにも言わないわたしを、小西は、仁といっしょになって嗤《わら》った。

みんなJが悪い。

夏が終わったことも、この日の落胆も、低俗な男子からさえ嗤われることも、Jのせいだとわたしは思う。

◇

その一週間後、わたしは隣家の娘から電話を受けた。Sが家庭教師をやめたこと、アメリカの大学に留学することを、彼女はわたしにおしえた。そして、自分たちは退職した教師が自宅でおこなっている「勉強会」に行くことにしたがあなたはどうするかと訊《き》いてきた。

行かない。

そうわたしは即答した。Jのように。

長い昼。

長い夜。

長い空白。

長いさびしさ。

なんて、ひとりなんだろう。

◇

あのころ、わたしは果てしない長さを感じていた。だが、わずかひとつの季節を越したに過ぎなかったのである。秋から冬になっただけだったのである。

冬の水曜日。

三学期の最初の日、わたしはあることをはっきりと願った。願ったことを忘れられない。自分の願いの、あまりのみにくさ。消したくても消えない青痣《しみ》。

◆

一月八日。

不意に教室の戸が開いた。

休み時間ではないのに。

開いた戸のほうを、みなが見る。

担任も見る。

よそのクラスの生徒。眼鏡。十番内にいる女子。泣いている。

担任が教室を出て行く。

どうしたんや。

なにがあったんや。

みながさわぐ。

担任の代わりの美術の女教師が教室に来る。

かりそめに教室はしずかになる。

◇

男子と話すときにも眼鏡をはずさない、成績のよい女子生徒は、二年六組だった。七組でおこったことを、一組につたえに来た。なぜ、六組の彼女がその役をしたのか、あとになってもわからなかった。

七組の教室でおこったことを、一組の担任教師がつたえられたのは、彼がおこったことの当事者だったからである。

七組でおこったことは、放課後には、二年の生徒全員が知った。わたしは七組だった石坂さんから聞いた。

一組担任の国語の教師とJは肉体関係があると、七組の男子が黒板に書いたと。

「証拠の写真もつけて、黒板に貼りだしたったん」

石坂さんは、わたしと清川さんと根岸さんに言った。

◆

よく話を聞けば、それは国語の教師ともJとも無関係の、小西がひろげて見せたようなたぐいの雑誌の写真であり、証拠などというものではまるでなかった。

証拠だと、七組の男子が貼っただけのことである。

◇

「早退しはった」

石坂さんはJが泣かなかったこと、男子の頭を鞄《かばん》でなぐったことを言う。

血がひいてゆくのを、わたしは感じる。

◆

はげしい憤《いか》りがこみあげる。

Jがすでにセックスというものを知っていることに。そして、その相手に。

その国語の教師が箸《はし》をきれいに使うのを、わたしは見たことがあった。調理実習で作ったものを、彼が食べるところを見たことがあった。

わたしは彼に興味はなかった。Sができなかったことをできる男としてのみ、わたしは彼をとらえた。

Sの、あの、みっともない箸の使い方。

なんで？

なんで、Jだけが、わたしが望んだものを手に入れられるん？

国語の教師の顔にある酷薄。Jなら、その酷薄の印象の正体に気づいていたに決まってる。そやのになんで？ なんで怖がらへんかったん？ 怖がらんでいられる能力を、なんであの人だけがもらえたん？

なんで？

なんで、わたしと違《ち》ごて、あの人やの？

一月八日に、七組の教室でおきたことは、わたしの、Jに対する敗北を決定した。

◇

敗北だと、あのころのわたしは思ったのである。

主観と客観の平衡《へいこう》がまったくとれず、ぐらつきがばけもののように肥大して、わたしはJを意識しつづけてきた。その果てに、敗北した、と思ったのである。

◆

わたしは願う。
ひたすら願う。
不幸になれ。
Jは不幸になればいい。

◇

他者の不幸を切願するという醜態。これほどまでの醜態が、自分の過去にあったことを、わたしは葬り去りたい。

◆

国語の教師と女子生徒の噂は否定される。

彼らの噂は否定され、そして、残る。

Jの噂だけが残り、そして、拡散する。

「でも」が付いて。

でも、もう処女じゃない。

三十歳の処女をグロテスクだと人は噂し、十四歳の女がセックスをしてもグロテスクだと噂する。人は、平均ではないものをスケープゴートにして愉《たの》しむ。

罫線《けいせん》のあるノート。

葡萄《ぶどう》は書く。

今日は来たと。

学校を休みがちになったJが、登校して来たと、それだけを書く。

手は汚さない。

ぜったいに自分の手は汚さない。

自分が手を汚さねばならぬほど、Jに価値はない。ないに決まっている。

マフラーの色を書く。町を歩いていたと書く。

葡萄は、ただJを見たことだけを書く。

それだけで、いちごもパイナップルもチョコレートもさくらんぼもレモンも、口汚くJを罵《ののし》ってくれた。

どうせ「わたしは長期欠席してても頭はいいのよ」と言いたいスタンドプレー。たいしたことない績順のくせに。

勉強は学校じゃないところでしてると言いたいんじゃないの。なんせお相手が学校の先生だから。

私設家庭教師？　なんの勉強をしてたことやら。オソロシー。

ばかみたいな色。そんな色のものを首に巻いて歩けるセンスを疑う。

コートならいいかもしれないけど、ちょっと十四歳にはオバンっぽい色じゃない？

洋服の下に着てるものの色と合わせたのかもよ。

爆笑。すぐ脱げるように準備万端。

いちご、パイナップル、チョコレート、さくらんぼ、レモン。美しい単語は、Jを悪く書く。

下品。

この形容詞が、罫線のあるノートのなかではもっとも多くJの上にかかる。

次いで不潔。

わたしは、すうっと胸がすく。


小西。

わたしは小西に見せる。

なにもしない。罫線のあるノートを見せるだけ。

蚤《のみ》にはならない。

鼠のペスト菌を吸って運ぶのは蚤がすること。

従兄弟《いとこ》の部屋で、わたしは小西の目にとまるように罫線のあるノートを出す。出すだけで、その表紙のかわいらしさは彼の注意をひく。

「なんや、これ」

あっ、とわたしはおおげさに叫ぶ。

小西はノートを持って逃げる。

「あかんて」

禁止すれば、小西は読むだろう。

ノートのなかで姓名がはっきりしているのはJだけ。ノートのなかで彼女はイニシアルではない。

わたしは追わない。

小西はノートを繰る。

彼は主語も述語も修飾語も、自分の目に入った部分だけをつなげる。罵りは男子のあいだにも伝播《でんぱ》するはず。

「ほんまか。あいつはどぎつい紫色の……」

超ビキニ。パンティ。小西はJの下着を決定して、わたしにつたえる。

わたしが予想した以上に小西が動きはじめたことに、わたしは怖くなった。

「うっふーん」

くねくねと妙にからだを動かして、小西は女声をつくる。彼が仕入れた、商品化されたセックスの知識で、彼はJの痴態を演じる。

すでに彼はわたしにJについて教えはじめる。セックス時における女から男への要求を、身勝手にしゃべり演じることで、わたしが知らなかった密室の、架空のJを。

いいわ。もっとぶちこんで。ほとんどまぬけなくらいの紋切り型の喘《あえ》ぎは、紋切り型ゆえに冷静な書物から得た性愛についてのわたしの知識を押し退け、声と動作の大きさでわたしを圧倒する。

あまりの卑しさにわたしは真っ赤になった。

わたしのようすに小西は満足する。その結果、小西は、自分が演じた架空を、窃視《せつし》の事実に感じる。Jがじっさいにおこなっているところを自分はほんとうに見たと。

彼がそんな気分になっていることにわたしは気づく。

赤くなった頰に両手を当て、わたしは露《あら》わになった小西の変質的な局面に脅《おび》え、それでもわたしは、これでこの男はきっとJを猥褻《わいせつ》に貶《おとし》めるだろうと予感し、それを待つ。

◇

Jが侮辱されたことに胸をすかせた。猥褻な貶《おとし》め言《ごと》が広まることを待った。

たとえ、どこかで胸をすかせたにしろ、どこかで待ったにしろ、その多少がなにを軽減するだろう。

あのころ、わたしがそう感じ、願ったことにはかわりない。

箸《はし》の使い方が醜い男に会うたび、彼が自分に深くかかわりそうになるたび、わたしは自分の過去の醜態をまざまざと見せつけられるのである。

わたしは、わたしが自分を幻想したような人間では、まるでなかったのだ。わたしはわたしに裏切られた。

◆

　進級し三年になっても、Ｊについての噂はあった。国語の教師が学校を去っても、彼女の噂はずっとあった。だれも口に出さず、かたちに見えず。

　わたしはＪと同じクラスだった。

　ある女子生徒がハンカチを落とした。それをＪが拾った。

「ありがとう」

　女子生徒は言い、ハンカチの端を、ゆびのほんの先でつまみ、Ｊから離れ、ごみ箱に捨てる。

　ある男子生徒がラテン語を教えろと言った。

「わいらアホやけど、おまえは知ってるやろ」

　下敷きにｆｅｌｌａｔｉｏと大きく書き、からかうような囃《はや》すような嗤《わら》いはともなわず、気味悪そうな窺《うかが》いの嗤いをもって。

　そんなとき、Ｊはいつも、とてもしずかだった。

◇

卒業式も近い日の午後、だれもいない図書室で、わたしはJを見た。

本棚のせいでJはわたしには気づかず、わたしは本の隙間から、彼女がただ立っているのを見た。

ただ立っていた。

図書室の中央。

ただまんなかに立って、そこから窓のほうを見ていた。

口が動いた。

声は聞こえなかった。

それからすぐ出て行った。

彼女に対する排斥は、おそらくセックスをしたという噂によるものではなかった。

彼女の、あのしずかさによるものだ。

わたしは、あのころからわかっていた。Jと国語の教師のあいだには、なにもなかったことを。

清川さんも石坂さんも根岸さんもほかのみなも、わかっていた。あのふたりのあいだには、排斥されるようなものはなにもなかったことを。

　だから貶めたかったのだ。

　彼女と彼がセックスをしたのかどうか、そんなことは、後年のわたしにすれば、どちらでもかまわないことである。

　かりにそういう行為があったとして、かりに彼らがさんざんにいやらしいことをしたとしても、それは彼らの関係を汚すものではないと思うのである。彼らはただ、恋に墜《お》ちたのであろう。Jの、あのさびしいしずかさはその証《あかし》である。

　それゆえに彼女は貶められた。ともに恋に墜ちるという幸《さち》は、世の人みなに降るものではないからである。

　わたしはいまでも思い出す。早春の図書室に立っていたJの清純なたたずまいを。

　湯川アリサが「とくべつ」だと安っぽく、甘くうたった十七の夏に、わたしはSに再会した。

　留学を終え帰国した彼は、以前よりやさしくわたしに接した。なにも告げずにアメリカに行ったことを、やさしく詫《わ》びた。義務教育期間にあるわたしを自分なりにきづかったこと、わたしの好意はうれしかったこと、彼も好意を抱いていたこと、そうしたことを、やさしく話した。わたしは彼の思慮深さに礼を述べた。だが、もう、わたしはSに恋していなかった。

あらゆるものごとに対する判断力をすべて失い、まっさかさまに墜落してしまったのだろう、あのふたりは。

めぐりあった時間と場所が裂いた恋の先に待っていた孤独は、墜ちたことのない者よりずっと長かっただろう。

わたしよりも長い昼。

わたしよりも長い夜。

わたしよりもずっと、Jはひとりだっただろう。

わたしよりも長い空白。

※

夜陰はみずうみを消した。

わたしはキーをまわし、みずうみをあとにした。

家《へや》が近づくにつれ、見なれたわたしの日常が視界に入ってくる。

ガソリンスタンド。踏み切り。スーパーマーケット。コンビニエンスストア。惣菜《そうざい》屋。

終夜営業のラーメン屋。雨の日に通りかかると吠《ほ》える犬のいるしかくい家。そのとなりの駐車場。

　いつもの、あたりまえの日常。なのに、ときにおどろかされることがある。泣かされることも、笑わされることも。腹立つことがあり、堪《こら》えることがある。

あのころ、わたしはとくべつな人間になりたかった。とくべつだという確証を得ようと醜悪にもがいた。

　すでに。

　すでに、とくべつだったのに。

Sも。

清川さんも。石坂さんも根岸さんも京美も。仁も、叔父も、父も母も、箸の使い方がきれいな先生とJも。

　みなとくべつだった。

　微々たる差のなかでみな生き、微々たるゆえに、微々たるからこそ、それぞれがとくべつだった。

　すでにそうだったのに。

　わたしもまた。

解《わか》らなかった時間を恥じ、だがわたしは、めぐりあい集積してきた時間をすべてかぶる。

いまの日常を忌《い》まない。ここで暮らしているのだ。青痣《しみ》があり、でも、ここに、わたしはいる。

世帯主がたばこを減らそうと考えた夜

せわしなく首を動かして、にわとりがはこべを食《は》んでいる。

やわらかな明度のみどり。ちいさな、まるい葉。はこべは、葉と同様の、ちいさな白い花を咲かせていた。くつくつと喉《のど》を鳴らすにわとりの羽も白い。鶏冠《とさか》は赤いというより黄みがかって、まわりからきわだつことはない。

庭の、地面とほぼ同位の高さに群生しているはこべよりも高位で花を咲かせているのはハナショウブである。あざやかな紫色ではない。かすれたような紫色。その向こうに木の小屋がある。板の色。それもかすれたような黄土色だ。

とーっ、とっとっと。とーっ、とっとっと。てぬぐいを頭にかぶった人間が、鳴き声を真似《まね》して、にわとりを小屋のほうへ誘導している。腰をまげて両腕をのばし、くちびるをすぼめて、とーっ、とっとっと、とくりかえす。彼女は絣《かすり》のもんぺを着ている。それは洗いざらしで、紺色とも茶色ともつかない。

すべてのものの色がみな似たような、輪郭がぼやけた風景。

彼は縁側にいる。

横たわっている。腹に板のきしみをかんじる。耳と頬にざぶとんの綿の厚みをかんじる。ひるま。いまはひるまだと彼は思う。ひるまには、ひかりがある。上まぶたと下まぶたがくっつきそうになる。

「タンちゃん、そないなとこで寝たら風邪ひくえ」

庭から人間がたしなめる。たしなめられているのに、とろけるような心地がする。とろけて、この世から消えてしまいそうだ。とろけてしまわないように、彼はがんばってまぶたを開けようとする。

とーっとっとっと。彼を溶かそうとする人間は、にわとりを追うふりをして、彼に溶ける呪文《じゅもん》をかける。

彼女の目元にはしわがある。喉にもある。彼女に抱かれて、そのむきだしの上腕にふれるとがさがさしている。手もがさがさしている。指もがさがさしている。なのに、顔も、腕も、手も、動作までも、すべてがじゅんと潤っている。このあぶらで彼を包み、溶かしてしまう。

てぬぐい。彼女はてぬぐいをかぶっている。てぬぐいには、とっくりの絵がしゅうっと描いてある。これはとっくりっちゅうもんやで。彼女は彼に教えた。とっくりというのが、生活のなかの、なにに用いるものなのかは、彼にはわからない。わかる年齢ではない。

わからぬまま、とっくりの絵の、しゅうっとした線をおもしろいと思う。なにするもんやのん？　訊《き》こうとして、彼の上まぶたは垂れてきて、下まぶたとくっつきそうになる。

「タンちゃん、寝てしもたん？　しょがないなあ」

寝ていないと言いたかったが口が動かない。まぶただけを、がんばってがんばって開いた。

自分にさしだされた腕《かいな》、その先についたちいさな手。ちいさな、がさがさした手。荒れてふしくれだって、なのに潤っている手。言うことをきいてくれる手。いやなこと、わからないこと、怖いことを、みんなどけてくれる手。

「おかあちゃん」

おかあちゃん、おかあちゃん、おかあちゃん！　彼は叫んだ。大きく開けた口の動きが、彼を眠りから覚ました。

——夢か。

彼はふとんのなかで、片手を自分の顔の額から首にかけて下ろした。てぬぐいで拭《ふ》くように。

化け物が出てきたわけではない。あぶない目や苦しい目にあいそうになったわけでもない。にもかかわらず手は自分の汗で濡《ぬ》れていた。

——夜中はかなわん。

夜はときに、人を騙《だま》す。

夜には陽のひかりがない。

闇の帯である。闇はひかりを焦がれ、ときにねじれる。きっとそのときに摩擦熱のようなものが生じるにちがいない。人をその人ではないものに変身させる一瞬が、夜にはある。その一瞬に、人は「夢」という、無難な呼称をつけているのだ。

暗闇のなかで、彼は身を反転させる。ずりずりと音がする。蕎麦《そば》がら枕。

ふとんから腕を出し、手さぐりでスイッチをさがす。押す。スタンドの明かりが点《つ》く。反転した自分の目の前に、ふんわりとしたものが在るのが照らされた。

白い布。彼は、それを掌握した。眉間《みけん》を寄せ、それを見つめる。息を吸い、吐く。掛けぶとんをまくり、半身を起こした。

にわとりを追っていた人間は、いまはどこでどうしているのか、彼は知らない。彼女はある日、彼の前からいなくなった。彼も庭にわとりのいる家を出た。そのとき、はじめて自動車というものに乗った。

〈きょう、と〉

自動車から降りて乗った電車のなかで、だれか大人が彼に言った。大人はプラットホームの看板をゆびさしていた。電車は動きはじめていた。

〈タンちゃん、あれな、きょうと、て書いたるんやで〉

大人は彼の頭をなでた。電車が動きだした。大人はふたりいた。ひとりは彼の左にすわり、もうひとりは通路に立っていた。

〈いま乗ってんのは、とうかいどうせんやで。タンちゃん、これから新しい家に行こな。

京都からそんなに遠いことあらへん。塩梅《あんば》よう電車に乗ってえや〉

すわった大人は彼の頭をつつみこむようにして、窓のほうに向かせた。

〈ほれ、あそこ。見てみ、なんか風船が空に上がったあるわ〉

すわった大人は、彼に車窓からの風景を見ていてほしいのだと彼は思った。だから外を見ていた。アドバルーンが二個、見えた。

彼の背後で、すわった大人と立った大人は話していた。

〈星澤《ほしざわ》さんとこの、ほれ、分家の。京都で撞球《どうきゅう》の店を出さはったとかいう、二番めの〉

〈へえ、あの勘当されはったっちゅう人かいな、村にいはったころから好きもんの〉

〈せや、あの好きもんに手出されはってなあ。せやけど、めずらし、長いことご執心やったんやで。こん子できて、家も見つけてあげはってな。ただなあ、あん人自体が実入りすくないさけ、女ひとりでは、そら育てるのは無理やがな……。せやから言うて、星澤さんとこかて、おおっぴらに面倒はみられへんがな〉

〈そらそや。戦前やあるまいに、いまの御時世に、そんな世間体の悪いことはなあ……〉

〈せやろ。そんでまあ、しばらく本家において養子縁組の口をさがさはるんやて〉

〈そら、そうせな、しょがないわなあ〉

〈そうや。しょがないわ、そら〉

立った大人も、すわった大人も、しょがない、しょがない、と言うので、彼はふたりの大人をふりかえって、真似した。

〈しょがない〉

彼がそう言うと、大人ふたりは涙ぐんだ。

〈いやあ、かしこい子やなあ、この子〉

ふたりの大人はハンカチで目を拭きながら彼の頭をなでた。

〈そや、しょがないんや、しょがないんやで。わかったり。な、タンちゃん〉

頭をなでられながら、彼は京都から東海道線を東に向かい、近県の中宮《なかみや》で私鉄に乗り換え、長命という町に来た。

彼の実父は昔から金持ちだったらしい家の、その分家の〈二番めの、あの好きもん〉である。〈好きもん〉の実家ではなく、その親戚《しんせき》すじである〈本家〉とやらいうところがある場所に、彼は連れて来られた。

長命市にあるその在所は、殿沓《とのくつ》といった。星澤家は古くからの豪農である。星澤翁嫗《おきなおうな》は、姻戚《いんせき》の者からも近隣の者からも慕われる篤実な人柄であったから、彼をだいじにあつかった。

だいじにしてひとつきほどがたったある日のことである。

星澤翁は所用あって県庁に出向いた。そのさい、下級官吏と帰途をともにした。国鉄と私鉄が乗り入れる中宮に、官吏は住んでいたから。

駅と駅のあいだの長い東海道線内で、翁と官吏は、どうということもない話をした。どうということもない話をしているうちに、どうということもないとは形容できない、三歳児の話になった。

官吏は運命をかんじた。

ぜひ、うちの養子にと、官吏は申し出た。

官吏は名を夏目《なつめ》源之丞《げんのじょう》といった。

家は、中宮の市役所のそばにあった。

市役所のそばで、法令様式書類をとりあつかう文具店を代々営んでいた。

源之丞は幼少のころ、「鳶《とび》が鷹《たか》の子を産んだ」と、在所の住人からもてはやされた。勉強がよくできたのである。文具店を継がず、県庁に職を得たことも、鷹の鷹たるあかしとなった。

鳶の父は店を閉め、鷹の源之丞は、県庁の上司から紹介された女を娶《めと》り、鳶と鷹は協力して家を建て替えた。が、鳶夫婦は孫の顔を見ることなく他界した。

家内に老人がいなくなり、家事の手間が減った源之丞の妻は、庭にサルビアの種を蒔《ま》き、これが毎年赤い花を咲かせるのをたのしみにしていた。

庭ににわとりのいる家から、庭に赤い花の咲く家へ。

こうして彼は夏目の嫡男となった。タンちゃん。タミオ。民生《たみお》。にわとりが庭にいる家で、幼子はそう呼ばれていたが、中宮の夏目の家に来てからは、ユキちゃんになった。源之丞の父、すなわち義理の祖父の名である雪之丞《ゆきのじょう》が、彼の名になったのである。四十路《よそじ》をすぎてからわが子となった三歳児を、源之丞夫妻は、星澤翁媼に負けず劣らずかわいがった。

幼い雪之丞は縁側にいるのを好み、縁側から庭の赤い花を、サルビアだときれいに発音してゆびさす。神童だと、かつて鷹と評された源之丞は目をほそめた。神童、雪之丞は赤いサルビアの咲く庭のある家から、公立の小学校から大学までを通った。県内の教員採用試験に合格して、中学校の数学教諭となったのが、鷹、源之丞の満足だった。

——こんな田舎町でなにが……。

ふとんの枕元。スタンドの明かりだけの部屋で雪之丞は思う。

カレンダーのつるつるした紙に、スタンドの蛍光灯が反射して、そこに印刷されているはずの、どこか風光明媚《めいび》な土地の海は黒いかたまりに見える。

にわとりが庭にいた家は、東海道線の京都駅から別の鉄道線に乗り換えてバスに乗り継ぎ、さらにずいぶん歩いたところにあったという。後年、源之丞から教えられたが、雪之丞の感覚としては殿沓のあたりだったような気がしてならない。夏目の家に来る前にひとつきほどそこにある家にいたせいなのか、それとも以前の赴任校が長命にあったせいなのか。

中宮は長命よりは人口が多い町だが、せいぜい五千ほどの差だ。なにが鷹。なにが神童。そう鼻白むようになったのはいつごろからだろう。十年一日のごとくの小さな田舎町で、雪之丞は五十三歳になった。義父母はもういない。

自分のふとんが敷かれた真下。階下の仏間。そこに飾られた黒枠の写真。父も母も神童の「出世」に満足そうに笑っている。

真夜中のいまでも、育ての父母はまっくらな仏間で笑っているのだろう。柱にかかった時計が、こっちこっちと鳴っているのだろう。

瑞枝《みずえ》と結婚した年、父の県庁勤め時代の同僚数人が祝いに贈ってくれた柱時計。あの時計の針は、もう何日、何年ぶん、文字盤を回転したのだろう。

盤に小さく描かれた花柄。当時流行だった図柄だけに、いまではいかにも時代後れだ。

〈お父さん、この時計は、やっぱりこの部屋にかけとくのがいいやろねえ〉

瑞枝はうれしそうに柱にあの時計をかけていたが、「お父さん」という呼びかけは、舅《しゅうと》、源之丞に対するものではない。雪之丞に対したものである。

こどもができてから、瑞枝は雪之丞を「お父さん」と、雪之丞の父母のことは「おじいちゃん」「おばあちゃん」と呼ぶようになった。そして、瑞枝と「お父さん」の寝室は別々になった。では瑞枝をなんと呼べばいいのか、雪之丞はわからなくなった。ちょっとおい。口ごもるように呼んで今日に至る。

自分を「お父さん」と呼ぶ瑞枝は、こどもらが夜泣きをする年齢のころには、こどもらとともに二階で寝起きしていた。雪之丞と「おじいちゃんとおばあちゃん」は階下で寝起きしていた。

そのうちに、夏目の父母は他界し、こどもは長じ、それぞれ自分の部屋を持ちたがった。もとよりそう広い家屋ではないから、部屋の仕切りを小さく改装して、あらたに部屋をもうけた。

ならば、書斎や勉強部屋を二階に、夫婦の寝室は階下にふりわけてもよさそうなものであったが、そうはならなかった。

二階には「お父さん」である雪之丞の書斎兼寝室。それと、季節はずれの電化製品や、中元・歳暮・法事のもらいものをごちゃごちゃとしまいこんでおく納戸。そして「お母さん」である瑞枝の、箪笥《たんす》と鏡台と家計簿をつける文机《ふづくえ》とミシンとアイロンが置かれた部屋。

だが、ここで彼女は寝起きしない。

一階には、ふたりの娘のそれぞれの部屋。居間、台所、仏間兼客室。この、柱時計のかかった仏間の脇の、もとは神仏具の類《たぐい》をしまっていた三畳間で、「お母さん」である瑞枝は寝起きしている。

二階に鏡台が置いてあるといっても、髪を梳《す》き白粉《おしろい》をはたき口紅を塗るていどの身支度なら瑞枝は洗面所ですませている。家計簿をつけたりミシンやアイロンを使うのは、雪之丞が勤めに出かけている日中である。

つまり、夜は、雪之丞はひとりで二階にいるのである。それはつまり、彼は二階でひとり私生活を送っているということである。

四人家族のうち、男は雪之丞のみ。ひとりの男は二階で暮らし、三人の女は階下で暮らす。こうした生活形態にしようとだれかが決めたわけではない。いつのまにかそうなった。

——金曜か。

月曜、水曜、金曜。週に三日、瑞枝は喫茶室でパートタイムの仕事をしている。中宮文化会館のなかにある喫茶室。そこで姉といっしょにコーヒーや紅茶やバター菓子や団子を市民に運んでいる。瑞枝の実家は中宮の和菓子屋である。姉の夫は中宮文化会館の職員。その口ききで館内に喫茶室を出した。

口ききをした職員が、二十余年前、義妹の写真を雪之丞に見せたのである。写真は、雪之丞が勤務する学校の行事のさいにいつもやってくる写真屋の名前が金文字で入った、厚手のファイルに入っていた。

〈家内の妹なんですけど、先生よりふたつかみっつ年下ですわ。まだまだ箸《はし》がころげてもよう笑いよりますわ。どうでっしゃろ〉

写真を見る雪之丞のとなりでそう言った、のちの義兄は当時まだ若かった。雪之丞もまた。

写真のなかで瑞枝は、ふりそでを着て髪を結い上げ、なにかの羽のようなふわふわとした、ちいさな髪かざりをつけていた。それまでに三回、別の人間から見せられた見合い写真の女と区別がつかない外見であった。じっさいに会っても、それまでの三人と顔の区別がつかなかった。

添い遂げたいと望む女は雪之丞にはなく、これまで三回の見合いのあと縁談を断り、だが、いつかは所帯を持たねばならないと考えて、この四度目の見合いのあとには承諾した。瑞枝のほうも承諾した。結婚した。

〈ウチのと、性格はよう似たかんじですなあ。明るいのがとりえっちゅうか〉

まとまった縁談に気をよくした義兄は、瑞枝をそう評していたが、雪之丞には、彼女がことさら明るいとも暗いとも思われなかった。姉と仲がよく、姉といるときは陽気なので、それが義兄には明るく映ったのであろう。

――そういうもんやと、あのころは思っていた。

所帯を持つものだと思い込んでいた。独身で一生をとおすという発想はなかった。多くの人間がそうであるように夏目の父母も子を望み、叶《かな》わず、雪之丞を入手し、入手された雪之丞もまた多くの人間と同様に、子というものをつくるものだと思っていた。

——向こうもそういうもんやと思っていたんやろう。

見合いというのは、言うなれば男の人身売買である。この男は自分に金品と生活保障という餌をどれだけくれるか。女にそれを値踏みされ、男はその女を受精させ、血筋を残すのである。

受精させるためには、女と性交しなくてはならない。性交するためには勃起しなくてはならない。それが自分に可能な行為か、かつての初夜、雪之丞はひどく不安だった。それまで彼にとって、性交とはただ「買って」、済んだら「なくなる」ものだった。三回、買い、三回、なくなったもの。

新婚旅行は、いま、スタンドの明かりが照らしているカレンダーにあるような観光地だった。

海鳴りの聞こえる旅館の部屋。やけに広い和室にぴったりとくっついて敷かれた二式のふとんが、部屋の広さとの対照でちょこんとちいさく見えた。

果たして、新郎はどうしても新婦に欲情できなかった。縁談を互いに承諾し合い、なんどか食事をし、音楽鑑賞や映画鑑賞にでかけたことがあるだけで、彼が自分のふとんに入ってくることをいとも当然のこととして、不自然にまぶたを閉じる女が、たくましい神経の束でできた新生物のように思われた。

瑞枝の父は入り婿である。母は三人姉妹の長女で、和菓子屋を継いだ。瑞枝は三人姉妹の次女である。だれにきがねすることもなくこの女は育ち、この夜に雪之丞がすることを心得ている。だれから教わった？　女の母から。その母はそのまた母から。その母はその母から。その母は……。数珠《じゅず》つなぎのように膣《ちつ》が過去から現在までつづいている。

この女。ふとんのなかで目を閉じているこの女。待っているくせに待ってなどいないように目を閉じているこの女。この女は、男が負わされている任務の重圧を知っているのだろうか。その任務を遂行できなければどうしようという恐怖を知っているのだろうか。そう思った直後、雪之丞は女の頤《おとがい》をがっと摑《つか》んだ。女は目を開けた。摑んだ頤をゆすった。女はおどろく。予定調和が崩れたことへの怯《おび》えが目許《めもと》にあった。胸のすく思いがし、欲情がおこった。

言ったろう。夜は、人をその人ではないものに変身させる一瞬を与えるのだと。

そうしてさいしょの子ができたのである。新婚旅行でたちまち瑞枝は受胎したのである。数千グラムの人肉のかたまりを膣から出すと、出したことなどついぞないような顔をして、出てきたそれをあやし、寝かしつけ、一年たったある日また、膣に雪之丞の陰茎を銜《くわ》えた。あのように大きな肉塊をひり出した怖ろしい穴に自分のそれを銜えさせねばならぬ重圧。

逃げたくなる。逃げないために、雪之丞はまた彼女を怯えさせる必要があった。海の見える旅館の部屋でしたようなことをまた、雪之丞は、した。

そうしてつぎの子ができたのである。女系の母の子は、ふたりめも女であった。夏目の家は、たちまち家族六人になった。

夏目の父と、その父と。ふたりの男が建てた家に、雪之丞という男が些少《さしょう》にせよ金を運び、女はただぽんとすわって、金を使い、ものを食い、女を増やしてゆくのである。

――しみがある。

目を覚まして掌握した白い布に、しみがあるのに雪之丞は気づいた。古い綿布だから、しみは、いくつもあるし、布全体がきばんでいる。だが、まあたらしいしみがひとつテンッとついているのに気づいた。

――抽斗《ひきだし》のなかに入れておいても、しみができるのか……。

つねひごろ、なににも用いなくても、さわらなくても、しまっておくだけで、しみができる。

雪之丞は、布を$\frac{1}{2}$ずつに分割していって小さくたたんだ。そして起き上がって文机の抽斗にかたづけた。

こんなものは大切なものではない。といって、捨てられない。そうした煩雑なゾーンに属するものは、そのものの属性に分類してかたづける。$\sqrt{5}(\sqrt{10}-2)+\sqrt{45}$を、ひとつのかたちの整数にはできない。$5\sqrt{2}+\sqrt{5}$にしかならないのだから、それが「答え」である。（$2x^2+x-3$）（$x^2-x-2$）$=2x^4-x^3-8x^2+x+6$という多項式の展開と、$26x-2x^2-24=-2(x^2-13x+12)=-2(x-12)(x-1)$にする因数分解という名のかたづけ。素朴で質実な暮らしのくりかえしのなかに、彼はバランスをとって、自身を収めていた。

こんな数式は、数式などとごたいそうな呼び名にも値しない。たんなる形式である。儀式である。しかし、こうした形式と儀式において数は、犬より猫より、飼い主を裏切らない。

——吸うか……。

布をしまった抽斗とはべつの抽斗から、たばこを出す。以前に比すれば、たばこの量はずいぶん減った。いまでは、週に一本の平均である。

窓を開けて吸った。梅雨どきのじんめりした深夜の外気は、たばこの臭いを消すにはさしたる効果はなかった。

トースト、目玉焼き、熱湯をそそげばできるポタージュ・スープ、レタスに既製ドレッシングをかけたもの、昨夜の夕食の残り数品、ミルクコーヒー。これらが置かれたテーブルの端に、雪之丞は灰皿を置いた。

「吸殻は、あそこへ」

瑞枝は生ごみ用のごみばこを指す。

「寝たばこは危ないさかい、やめてくれはらんと……」

「寝たばこはしてへんがな。夜中に目がさめて、寝られんようになったさかい、ちゃんと窓を開けて一本吸っただけや」

「そうですか。そんならええけど」

不機嫌そうに瑞枝は聞き流し、

「今日はちょっと遅《お》そなるかもしれへん」

話題を変えた。

喫煙が瑞枝を不機嫌にさせるのではなく、喫煙にまつわる記憶が不機嫌にさせるのだと、雪之丞は知っている。

〈なら、たばこの量を減らして〉とだけ、瑞枝が言った夜が、十年前に、あった。頭を下げて謝った雪之丞に、ただひとこと瑞枝がそう言った夜が。

「喫茶室が終わってから、お姉ちゃんと氏家《うじいえ》さんとこへ行くさかい」

氏家会計事務所。そこの所長と瑞枝に肉体関係があることを、雪之丞は知っている。雪之丞が知っていることを瑞枝も知っているのかどうか。それは知らない。

「そうか。なら、こっちはてきとうにすましとく」

氏家と瑞枝がいまも関係をつづけているのか、それともほかにあらたな相手を見つけたか、それも知らない。

夫婦間でおこなわれるべき性愛行為が消滅してしまっているのだから、瑞枝がその補塡《ほてん》を自分以外の人間とおこなっても異議申し立てをする権利はない。自分は配偶者としての義務の一部をおこなう能力を欠いているのだから。

補塡？　もしかしたら補塡ではないのかもしれない。さいしょからなかったものならば補塡という言い方は適切ではない。性の快楽のために雪之丞は瑞枝と結婚したのではない。恋の結末として婚姻届を提出したのでもない。子をつくるために結婚したのである。

市井の健全なる数多《あまた》の所帯で、いったい何人の人間が、配偶者に対し、快楽や恋情を感じているのだろうか。

人生には好機と希望が、あふれるほどではないにせよ、さがせばあると感覚している年齢ならいざしらず、若い年齢を過ぎたれば、人はおだやかな生活と、そんな生活を維持してくれるような行動を相手に望むのである。

愛とはホメオスタシスである。雪之丞は瑞枝を愛している。生活を長くともにした人間に愛着を抱かぬほど、雪之丞は決して冷血ではない。

「夕飯は冷蔵庫にしたごしらえしたのが入ってるし、雪枝《ゆきえ》は遅いて言うてたけど、瑞穂《みずほ》はいつもどおりやて言うてたさかい、瑞穂にしたくさせてくれはりますか」

長女の雪枝は、県内にある雪之丞と同じ大学を出て保健師となり中宮市役所に勤めている。次女の瑞穂は京都の高校から、その付属短大を出て、市内の信用金庫に勤めている。数をたしたり引いたりかけたりするのがふたりとも得意だったのは、自分の血をひいたのか。娘を、彼は愛していた。

おだやかな町でおだやかに暮らす市民として、異常なところはなにひとつ彼にはないのである。

「家のもんはもうみんな大人なんやし、気にせんと。遅《お》そうなるんやったら実家《いえ》のほうへ泊まってきたらええわ」

波風をたてて波風に対処するなど、平和な生活を質素に営む市民の時間の無駄である。$(a+b)(a-b)=a^2-b^2$。世間の理解ある夫とは存外、こんな公式のようなものだ。

皿に流れた目玉焼きの黄身を、トーストの耳でぬぐう。それを、熱湯をそそげばできるポタージュ・スープの入った器にさっとひたし、とろみが垂れないうちに口に運ぶ。黄身とポタージュの塩分とがあわさったトーストの耳の固さがうまい。

高価なワインを片手に高価な料理を口にする高名な文化人も、こんなむさくるしい食べ方をうまいと思うことがぜったいにあるはずだ。それも頻繁に。それが生活するということではないか。

次女が高校へ入った年に二度めの改装をしたダイニング・キチンで簡単な朝食をすませ、雪之丞は歯を磨いた。喫煙量を減らすことにしてから、食後は必ず歯を磨くようになった。

「行ってくる」

「はい。お早《は》ようお帰り」

夫の早い帰宅を望んでいない妻もまた、公式のなりたちの経緯を忘れているではないか。お早ようお帰り。いってらっしゃい。気をつけて。どれもみな挨拶《あいさつ》として公式化された（　）でくくられたことば。

雪之丞は靴を履き、鞄《かばん》を持った。

門を出てひとすじめを曲がると大通りにぶつかる。

そこにバス停留所がある。勤め先の中宮中学まで二十分で着く。校門の前にバスは停まってくれる。

通勤はらくになった。長命中学へ二十年、関川《せきかわ》中学へ八年勤めていたあいだは、いずれもバスと電車と徒歩で通った。

うえまち二丁目。まきおか一丁目。ボトルハウス前。恩田整形外科前。合成した声でバス・アナウンスが停留所名を告げる。さとびちょう角。

――あっ。

急ブレーキがかかった。雪之丞はぎゅっと手すりをにぎった。いやあ、びっくりした。なんやの、危ないなあ。ちょっとどないしたん。乗客が口々に言うと、

「たいへん失礼しました。自転車の飛び出しでした」

合成アナウンスではなく運転手の肉声がスピーカーから流れた。

アクシデントにより、いつもより長くバスは、さとびちょうに停止していた。『コーポさとび』。窓から集合住宅が見えた。

——だいぶ古うなったたな。

以前、『コーポさとび』には同僚が住んでいた。そのフラットができたばかりのころ。まだ雪之丞がたばこを減らそうと考えていなかったころ。その同僚が長命中学を辞め、翌年、たばこを減らそうと考えた雪之丞も長中を去った。

——まだ若かったのに。

二十三か二十四の男だった。何の教科を教えていたのかは忘れた。彼が職員室に入ってくると、彼も彼の周囲もかがやくようだった。赴任してほどなく茄子《なす》色の車を買ってうれしそうにしていた。

——「は」の23。

彼が買った車のナンバーをおぼえている。

——201号室。

フラットの部屋番号も。

中宮のどこに住むことにしたのかと訊《き》いた雪之丞に〈コーポさとび、というところです。その201号室です〉と、かつての同僚は答えた。耳から頤《おとがい》にかけて肉の削《そ》げた……。瘦せぎみの……。

——たしか、担当教科は理科やった。

白衣を着た彼と廊下ですれちがったことがある。

——いや、それはもひとりのほうやったか。

あのころ長命中学には若い男性教師がふたりいた。若い男の多くがそうであるように、どちらも瘦せぎみだった。どちらもかがやいていた。どちらもまぶしかった。どちらも雪之丞にためいきをつかせた。

長命中学に勤めていたときにかぎったことではない。関川中学ででも、目下の中宮中学ででも、大学を卒業してまもない男性の同僚は、おしなべて彼をかなしくさせる。にわとりのいる庭にふりそそいでいたひかりを見るような、かつて自分の手のゆびのあいだからさらさらとこぼれおちてしまった貴いものにふれたようなかなしみに、雪之丞はためいきをつく。

バスのドアが閉まった。バスはのろのろと、さとびちょう、から離れはじめる。

——そや。理科やった。

数字はおぼえられる。が、薬品を扱うにあたり白衣を着ていた同僚と、絵の具が衣服につくのを避けるために白衣を着ていた同僚とを、長い歳月のうちに、雪之丞は混同していた。

「つぎは中宮中学校前」

合成の声のアナウンス。雪之丞はボタンを押す。「つぎ停車します」。葡萄《ぶどう》色のライトがともる。

バスを降りる。校門から校舎に向かって歩くうち、生徒が傍らを通りすぎる。おはようございます。彼らは挨拶をする。おはよう。教頭である彼も挨拶を返す。女子生徒の顔はおぼえられない。男子生徒は区別がつく。

背の高い生徒。低い生徒。にきびのある生徒。ない生徒。太り気味の生徒。痩せ気味の生徒。学生服がよれよれした生徒。いつもおろしたてのような生徒。髭《ひげ》が生える気配がすでにある生徒。髭どころか声がわりさえもまだのような生徒。ぶっきらぼうな生徒。屈託のない生徒。肌のきめのこまかい生徒。粗い生徒。男子生徒の区別はつく。

なぜなら少年は、生きて呼吸しているだけだから。おもわくなどない。かなしいものをかなしいと、おかしいものをおかしいと、猥褻《わいせつ》なものを猥褻と、額面どおりに受けてそれだけの愚かな単純の頂上にあって、愚かな単純のかがやきを放つ、ほんのわずかな時期。それが少年である。

ならば彼らは外見で即、区分けできる。女のように外見と内面とが合致せぬことはない。彼らは女のように、さいしょから女ではない。男にのみ、少年という、ある特別な時期があるのである。愚かで無垢《むく》な美しさにひかりかがやく時期が。

そして青年とは、特別な時期である少年期に別離を告げる、やはりつかのまの時期にいる者のことである。

衆道。男色。稚児趣味。あげくはカマ、モーホー。自分を謗《そし》る噂は知っている。結婚し、ふたりの娘をもうけている男がどうしてその噂のとおりであろう。美しい少年を、もとい、少年という美しきあえかな瞬間を愛《め》でることと、性欲はまったくべつのものである。だが、家庭の維持と同様に、自分の噂についての弁明という波風をおこす必要はどこにもない。弁明したとてかたづけられまい。$\sqrt{25}$はきれいに整数になるが、25の倍数であるにもかかわらず$\sqrt{\ }$のなかにあれば、50は$5\sqrt{2}$という無理数である。

雪之丞のひるまは、こうして、過ぎてゆく。

帰り道、あまり会いたくない男に出会った。

寄り道などしなければよかったのだ。週末だしと思ったのがよくなかった。駅前にあるとっくり亭という店に寄った。夢のなかで、にわとりを追う人間の頭にかぶったてぬぐいにとっくりの絵が描いてあったのが、自分の足を、ふとこの店に寄らせたのだろうか。

二階の座敷席を主とする、古い店である。中宮や長命、それに関川あたりの公立学校関連の忘年会や新年会、歓送迎会は、むかしからこの店の二階でおこなわれる。といって一階にあるカウンター席に学校関係者がふらりと立ち寄ることはまずない。店主の息子が開いた支店の『ボトルハウス』のほうがひろびろとしているから、『ボトルハウス』ができてからはいっそう、知り合いに会う確率は減った。

とっくり亭の料理はさしてうまくない。酒もビールも、容器の中身なら酒屋で買うのと同じ味だ。所帯ではない場所、家庭ではない場所で、食べ、飲む、その時間に金を払うというのである。

〈氏家さんとこへ行くさかい〉。瑞枝は、さりげなくああ言いながら、どこかで自分にシグナルを送っているのかもしれない。あなた、それでよろしいの？　という不潔なシグナル。不潔な手法。かまわん。てきとうな男とてきとうに乳繰り合ってくれ。そう口に出せば終わりになる。シグナルに気づいてはいけない。気づかないようにしなければならない、所帯とはやっかいなものだ。

ひとりになりたくて、この店に寄った。

そこに中島《なかじま》がいたのである。

長命中学時代に同僚だった体育教師。今はどこの学校に行っているのか知らないが、彼と雪之丞は、当時から懇意ではない。

「こら夏目先生。どうもですわ。ごぶさたしてましたな」

「ああ、どうも」

「夏目先生のような人でも、こんなとこに寄ったりしはるんですか」

「いや、なんとなく、今日は」

「へえ、魔が差したというわけか」

えっへっへっへと中島は笑う。魔が差すという語をどういう意味で出してきたのか。かたぶとりした赤黒い丸顔に、その真意は読み取れない。

会いたくない男に会ってしまい雪之丞はたばこを買った。つづけて二本吸った。

「あいかわらずヘビースモーカーをやってはりまんのか。せんせくらい吸わはると、毎月のたばこ代だけでばかになりまへんやろ」

「………」

けむりは吸い込んでいない。空《す》き腹にたばこはにがかった。中島……。この男は、あの日のことを知っているのか知らないのか。

「いまの中学生は部活なんか屁《へ》とも思《お》もとらへんさかい、こっちはお日《ひ》いさんがまだ山にかかる前から来てましてん」

自分で言って自分で大笑いをする。連れがグラスのビールを一気に飲み干す。ほな、そろそろと、連れが立ち上がった。

「もう帰るとこでしたんや。まあ、どうぞごゆっくり」

おやっさん、勘定してんか。そう言って、中島は連れととっくり亭を出ていった。戸が閉まるなり、雪之丞はたばこを消した。

「ビールを、いや、やっぱり……」

強い酒に変更する。焼酎《しょうちゅう》を湯で割るというより、焼酎に湯をすこし注いだものに。飲むと、かっと熱いものが雪之丞の全身にそそがれた。

十年前の冬だった。

さとびちょうに住んでいた青年が長中を辞めた翌年。

雪之丞は駅から家に向かって歩いていた。たばこを吸いながら。あのころは四六時中、吸っていた。

卒業式まであとひとつきという学年末。長引いた職員会議と学年部会ののちの、遅い帰路。終バスはもう終わっていた。中宮駅から、さとびちょう角、恩田整形外科前の停留所を大通りに沿って通過した。

十年前、『ボトルハウス』はまだなく、そこはごちゃごちゃと屋根の低い家がいくつか建っていた。その一角で、大通りから逸《そ》れて細い道を歩いた。

しばらく行くと、ふいと女が出てきて、彼の三メートルほど前を同じ方向に歩く塩梅《あんばい》となった。うしろすがたが見えたのみで、年齢は見当がつかない。十五歳から六十歳ならどれでもあてはまるような気がした。

女の髪は長い。ゆるく巻いている。巻いて耳にかけている。やたら耳の大きな女だ。肩と平行に立った大きな耳。まるでサルだ。

スカートは短い。寒い季節にもかかわらず、コートも着ず、ひらひらとした短いスカートと、ひらひらとしたブラウスで歩いている。瑞枝や瑞枝の姉や、女生徒や女教師や、雪之丞がふだん見慣れた女性が着るような衣服とはまったく別種のいでたちである。風向きのせいか、女がつけた強い香水の匂いが雪之丞の鼻につく。

コツコツとアスファルトを踏む音がする。女の靴の、細いヒールの音である。歩きにくいのか、それともわざとそうしているのか、尻を大きくふっている。歩きにくそうなのに尻をふるので、すごく下品に見える。自信ありげに、全身が媚《こ》びている。もし自分が木刀なりバットなり、なにか凶器を持っていたなら、その不潔さをめった打ちにしてやりたい衝動に、雪之丞は駆られる。

そのとき。

なにかにつまずいたのか、女がころんだのである。前のめりにつんのめり、ひえっ、という、ばかみたいな声とともに、ぶざまに女は膝《ひざ》をついた。スカートがまくれた。

　雪之丞は立ち止まった。すぐに女は立ち上がった。そして、

「なによっ！」

　彼をふりかえると金切り声で睨《にら》んだ。いやらしいわね、だったか、この助平だったか、そんなふうな罵声《ばせい》を、女は彼に投げて、そして走り去った。すわりの悪いハイヒールでひょこひょこと。顔はよく見えなかった。

　女がいなくなっても、雪之丞はしばらく通りに立ったまま、動けずにいた。痛いほど性器が勃起していたのである。

　昂奮は、女のスカートがまくれたことに因《よ》るものではない。女がころんだからである。雪之丞はずっと、ずっとむかしから、女がころぶさまに性的な昂奮をおぼえる。

　どんな男でもおのれに気があると信じて疑うことのない女というものの、過剰な自信が罰を受ける。ころぶとは、女の自信への天罰だと思うのである。いくら表面上は遠慮がちにしていても根底の根底では、ただ女であるというそのことだけで男はひきつけられるのだということを前提としているふてぶてしさが、ぶざまな罰を受ける。おのれのあつかましさを女が天から思い知らされる。当然であるにもかかわらず、「女がころぶ」という事態は、たまにしかおこらない。

　ぶざまにころぶ。それはもっともっと多くの女が、もっともっとひごろから、なんども

なんども受けるべき報いなのだ。

似顔絵描きが描きづらいような、特徴のない顔の女優や歌うたいを、女は好む。ちょっと髪型をかえれば、ちょっと痩《や》せれば、ちょっとなにそれすれば、自分もこの人のようだわと共感できる、この女というもののあつかましさ！　男はなぜ女に教えぬ。おまえなんか電気ドリルで改造したってこの女優には似てねえよ、おまえの漆蓋骨《しつがいこつ》はデカすぎるんだからと。てめえなんか七度くたばって生まれ変わってもこの歌うたいには似てねえよ、てめえの頭蓋骨は絶壁なんだからと。

がにまたで膝の皿のデカい、卑しげに平板な後頭部の、サルの耳のような女に、食い物を与え、食い物の代金を支払い、貴金属や被服を与え、貴金属や被服の代金を支払い、当然、その醜女《しこめ》がすべきであるはずの家事炊事まで、これを代行する電化製品を買い与え、必死で自らを鼓舞して勃起させ、子を産んでゆるんだ醜女の膣にそれを銜えさせてやり、よろこばせてやり、そのあげくがアナタハ　ワタシヲ　リカイショウトハ　シテクレナカッタ　と、知能指数の低い脳みそから罵《ののし》られて、慰謝料ぼったくられて逃げられないよう、そんな「ささやかだけれどあたたかいわが家」の維持に、こんなにこんなにこんなに男は苦労しているのに、こんなにこんなにこんなに勃たないペニスをなだめすかして勃たせているのに、女はついぞその努力を評価しない。恩を仇《あだ》で返す、これが女という、DNAの髄からやくざな生物である。二重らせんの髄から、他者を罰する行動しかできぬ、怠惰な生物である。

　そんな生物はつんのめってころべばいいのだ。おどろいて、ふがふがと鼻の穴をひろがらせればいいのだ。低能の生物に似つかわしいぶざまな正体を正直に露呈するがいい。おめこにちんぽを銜えるのだけが望みの下等動物は、ころんで屁っぴりごしでおたおたしていればよい。女という生物は便秘を習性とするような下等動物で、糞すら何日かに一度しかひりださぬ。文字どおり腹黒い糞だまりの胴体をひらひらとした衣服で騙《だま》しているのだ。すこしはその分をわきまえ、自らの腹にたまった糞を恥じたらどうだ。

　あの女。

　ころんだあの女。

「なによ」だと。どうせ腹に一週間か十日ぶんもの糞をためこんでいるくせに、尻をふってころんで、安物のさるまたを見せて、なにが「いやらしい」だ。あのど助平女。

　徹底的に女を卑しめ、蔑視《べっし》し、その果てに、雪之丞は、ころんで突き出された女の尻とその脂肪のついた肉塊を包むパンティに烈《はげ》しく欲情するのである。怒りが生じないかぎり、欲情できないのである。

　一介の市民、雪之丞は、この点においてはわびしき変質者であった。

　烈しい疼《うず》きを下腹部に抱えながら雪之丞は夜道を歩き、自宅の戸を開けた。

　玄関は暗く、ふたりの娘はそれぞれの部屋にひきこもり、瑞枝も出迎えない。いつものような日常が、そこには在って、雪之丞はいつものように、二階の自室に向かうべく階段をのぼった。

と、階段をのぼったところの右手。瑞枝の鏡台が置いてある部屋に、いつもとはちがって明かりが点《つ》いている。ふすまから蛍光灯のひかりの帯が廊下を走っていた。

す、とふすまを開けた。

瑞枝は鏡台の前に立ってきものを着ていた。四畳半の畳には、組紐《くみひも》や帯や帯留や足袋《たび》がちらかり、鴨居には、衣紋《えもんか》掛けに袖《そで》をとおされた数点のきものがかかっている。

「いやあ、びっくりした。帰ってきはったん？　おかえりやす」

おのれが寝食できる金を毎月運んでくる世帯主をふりかえりもせず、鏡台に映る虚像を、被扶養者は見下ろす。

「明日な、京都へ行くの、言いましたやろ？　瑞穂の学校の制服の採寸に」

宮古《みやこ》女子大付属高校。県内の公立高校に行かせればそれでよかったものを、わざわざ実家に入学金や制服の仕立て代を出させ、授業料も、私立学校側は学期ごとでもよしとしているのに、学年ごと一括納入を選んで出させた瑞枝は、自分が京都のお嬢様学校に入学できたような気分でいるらしい。

「採寸する部屋に男衆《おとこし》がいるわけやないやろに」

「え？」

瑞枝はようやく世帯主の実像をふりかえった。

「つきそいのおばはんがなにを着てようと、そんなもん気にする男はおらへんのに、なにをめかしこむ必要がある？」

「そんな、べつに、めかしこむやなんて……」

「めかしこむしたくをしてるやないか。京都まで電車に乗ってるときに、痴漢にでも遭いたい、尻でもなでまわされたいと思《お》もてるんか？」

あなた。「お父さん」ではなく、あなた、と瑞枝は十数年ぶりに雪之丞をそう呼んだ。そう呼ぶのと、雪之丞が彼女の上半身に帯締めを巻き付け、上半身の自由を奪うのとは同時だった。

あはっと、妙にたおやかな声を洩《も》らして瑞枝は畳にころび、その口のなかに、雪之丞は布をおしこんだ。なんの布なのかはわからない。畳にちらかっていた和装のさいの、なにかの布だ。布をおしこんで、さわぐな、と言った。そして、襦袢《じゅばん》の裾《すそ》をまくりあげ、巻き付けた帯締めにたくしこんだ。雪之丞にも意外だったが、瑞枝は和装の古風なしきたりどおり、パンティを穿いていなかった。

「さわいだら、階下《した》に気づかれるで。いやらしい尻をむきだしにしてるとこ、見られとうないやろ」

瑞枝の、陰毛を見せた腹を蹴《け》った。げほ、と瑞枝は苦しそうな息を鼻孔から出した。もっと蹴った。げほ、げほと蹴るたびに瑞枝は苦しみ、けけけ、と雪之丞の胸はすいた。

襦袢のあわせから手をすべりこませ、瑞枝の乳房を摑み、乳頭をひねりあげる。ひえっと、先刻の夜道の女がころんだときのようなぶざまな声が、つめこんだ布の奥から出た。雪之丞は烈しく異性を憎んだ。ふてぶてしいその女の性器に指を挿れると、ひぃひぃと、女は怯えた。くちゃくちゃと、雪之丞の指を銜えた女の性器は不潔な音を洩らす。怯えたふりをしているのだと、よりいっそう男は女を憎んだ。

しかし、男の手から力が抜けたのは、階下から声がしたからである。

「どうしたん? お母さん、えらい大きい音がしたけど」

長女か次女か、声だけでは区別できない。ふたりはそっくりな声をしている。

父の苦労を人間の苦労だと、父の努力を人間の努力だと、当然そうみなされるべき自明の事実として受け取れるのは、娘だけである。自分と血をわかつ、庇護《まも》るべき存在。女ではない。雪枝と瑞穂を、雪之丞は愛していた。なによりも娘たちから愛されたかった。

「なんでもない。ちょっと天袋から物が落ちたんや」

階段の上から下に向かってそう言い、そのまま、自室に入ると引き戸を閉め、鍵《かぎ》をかけた。改装したおり、金物屋で買ってきた金具。螺子《ねじ》になった部分を戸と柱にねじこんで設置した簡単な鍵。

やがて、しとしとと瑞枝が階段を下りてゆく音を、暗い自室で聞いた。

その翌日である。

中島と職員室でふたりきりになったのは。

日曜だった。

雪之丞は年度末の、教育委員会に提出するための書類をいくつか書くために登校した。家にいたくなかった。

中島は補習のために登校していた。義務教育期間である中学においては、主に健康上の理由によって二学期以上を欠席した場合、留年になる。が、そこまでの長期欠席ではなく、かつ、実力試験や、公立高校に先立っておこなわれた私立高校入試の結果で学業の遅れはみられぬ生徒がいる。こうした生徒に、補習というかたちをとって、公立高校向けの内申書に出席したことにしてやるのである。いわば、名目上の補習授業である。

「ああ、日曜やちゅうのに、こんな朝早《は》ようから、かなわんで」

積み上げられた湯飲み茶碗と薬罐《やかん》の台の前で、中島はあくびをしていた。

「夏目先生もお勤めでっか。お互い、かなわんですなあ」

中島に軽口をたたかれても、雪之丞は無視した。ふだんは体育教官室にいるばかりの中島とは、職員室でおよそ顔など合わせたことがないのである。

昨夜はほとんど寝ていない。一晩中、怒りと劣情を自分で処理しかねた。じりじりと、ねばりつくような夜だった。月明かりの部屋で、文机に向かって、ずっとすわっていた。ときどき横になって、浅い眠りに落ちた。

やがて、夜と朝は、メビウスの帯のようにねじれてつながり、朝食もとらずに登校した。洗顔すら、校内でした。

中島は足を机にのせてスポーツ新聞を読んでいる。雪之丞は何本も何本もたばこを吸う。書類の作成はまるで進まない。

「お、来《き》よったか」

中島の首が窓に向いた。

つられて雪之丞も窓のほうを向いた。補習授業を受ける生徒が、体育館に向かって校庭をよこぎってゆく。

「あいつ……」

中島が、ひとりの生徒をゆびさす。生徒は数人歩いているので、どの生徒を指しているのか雪之丞にはわからない。

「どれ？」

「あの、うつむいてひとりで歩いとる……灰色と青の横縞《よこじま》のマフラーしとるやつ」

中島は女生徒の名前を言った。その生徒は先週数学の補習授業も受けていたのだが、雪之丞にはとくに印象になかった。

「去年、辞めた、ほれ……」

　中島は辞めた教師の名を言った。彼なら雪之丞には印象深い。『コーポさとび』の201号室に住んでいたあの……。赴任してきて二年もたたぬのに辞めてしまったあの……。

「あの相手ですがな」

　そう言われてはじめて、雪之丞は窓の向こうを注視した。

「どう思います？　あの噂……」

　すこし前に噂が流れたのである。若い理科の教師と女生徒との噂が。

「たんなる噂ですやろ。新卒まもない先生にはつきもんのことですがな。どうせ女のほうがのぼせて相手にされんかったさかい、たちの良《よ》うないことを自分でひろめてまわりよったんやろ、そんなとこやろ」

　こめかみに向かって刷毛《はけ》ですうっとひいたような涼しいひとえまぶたの青年だった。教職員でとっている仕出し弁当を食べるときの箸《はし》の使い方がきれいだった。

　雪之丞は、いなくなった彼の横顔や挙動を思い出し、辞めてほしくなかったと思い、

「辞めることはなかったのに」

　と、中島には言った。

「そういうわけにはいかんやろ、そら。いまやさかい言わしてもらうと、ありゃ、デキてましたで」

「まさか。なにを根拠に」

「根拠て言われると困るけど、カンですわ――」

自分は清廉な教師とはちがう。生徒からも職員からも眉《まゆ》を顰《ひそ》められてることは知っている。だが、むちむちしたからだや、ぴちぴちしたからだや、そういう、きれいなもんやかわいいもんが近くに来たらさわりたいのが正直なすなおな感情ではないか。だが、だからといってそれ以上踏み込むようなことはしない。これでもほかの教師よりわきまえはあると思っている。そう中島は言った。そして、

「――女は、生まれたときから女でっせ。そのへんの三つ、四つの子でも、よう見ててみなはれ、舌まくほど立派に男に媚《こび》売りよりますで。その度合いには、そら個人差はあるやろけど」

と、意外にも雪之丞が思っていたことと同じことを、つづけて言った。

「根拠がないと言われたらそれまでですけんど、俺のカンでは、あのふたりはデキてた。あの先生もなあ……。からかうていどでやめといたらよかったもんを、阿呆《あほう》なことや」

純粋な青年を、中島は鼻で嗤《わら》った。

「学年主任は、流言蜚語《ひご》はほうっておけて、きれいごと言うて、辞表を出すのをひきとめてはったけど、そんなこと言うたかて、この手の噂はそらしぶといでっせ。七十五日では消えてくれへん。こんな田舎ではいっつまででも残りますがな。辞めるしかない」

中島の首がまた窓に向く。

「はーん、あの足なあ……」

歩いてゆく女生徒を目で追いながら、にやにやと笑う。

「たらしこまれたんやろうなあ。いわば災難でっせ、あんなんは。男の立場からしたらどういいわけもできひんがな」

「……それで、あんなに早《は》よう辞めたのか……。せっかく教採に受かったのに……」

かがやく青年の蹉跌《さてつ》に、雪之丞の胸は痛んだ。

「そや。そやから災難やて言うとりますのや」

中島はストーブの前で手をこすりあわせ、

「ほな、そろそろ体育館へ行きまっさ。ま、とくにあいつはしぼったろかな」

そう言うと職員室を出た。


体育館の回廊から、数人の生徒が縄跳びをするのを雪之丞は見ていた。

——あれか。

ひとりの女生徒に雪之丞は焦点をしぼった。

回廊にのぼろうとする彼と、更衣室から出てきた彼女とは、いましがたすれちがった。

形式どおりの礼をして通りすぎた。

――もしかしたら、あのときの。

前にもいちど、すれちがったことがあったはず。理科の教師と雪之丞が並んで廊下を歩いていたときだ。

歩きながら話しかける雪之丞に、不意に青年は返事をしなくなった。どうしたのかとは問いかけられなかった。問いかけられぬ、蒼《あお》い炎のようなものが青年のまわりにたちこめた。青年はまっすぐに前をみつめていた。前方にはなにもなかった。

ただ……。ひとり生徒が歩いてきて、すれちがった。すれちがいざま、形式どおりの礼をした。

すれちがった女生徒の顔など雪之丞はおぼえていない。昨夜の女もそうだ。女は全員、同じだ。瘴気《しょうき》である。かがやくひかりも病ませてしまう瘴気である。

「あかん。足、ひっかけたやろ。もう一回。根性、たるんどるぞ」

中島の大きな声が聞こえた。

中島は腕組みをして、縄跳びをする生徒のまわりをゆっくりと歩いている。あの女生徒だけが残されて、なんども跳ばされている。縄が彼女の足にからみ、彼女が姿勢をくずすたび、雪之丞は、彼女がころぶことを願った。薄汚い女はぶかっこうにころべ。怯《ひる》み、とりみだし、うろたえろ。願った。下腹部が灼《や》けた。

とっくり亭で雪之丞は過去を悔いた。

——どうかしてた。

濃い焼酎が喉を通過してゆく。

——あの日、どうやって……。

中島と職員室で会った日。十年前。セ氏三度だった。おぼえている。私鉄のホームで寒暖計を見た。店の宣伝入りの大きな寒暖計。さとび町51－85。宣伝を入れたとっくり亭の住所もおぼえている。

その番地を51／85と、分数に見たのも、それを約分するための最大公約数を出したのも、鮮明におぼえている。

それなのに、あの日、どうやって体育用具室に行ったのかが、雪之丞にはわからない。

——どうして……。

いったいどうしてどうやって、女生徒に気づかれることなく、中島にも気づかれることなく、その部屋の戸を開けて閉めて施錠できたのだろうか。なにをしようとして施錠したのだろうか。

ただおぼえているのは、煮えたぎるような怒りをみなぎらせて、女生徒の背後に立っていたことである。

女はけだるそうに縄跳びを、束ねては箱に、束ねては箱に、ぽん、ぽんと投げ入れていた。それは生徒ではなく、娘と同い年の少女でもなく、女だった。しかも処女ではない。汚い女だった。

ブルマーからむきだしになった長い足の下に、未《いま》だ束ねられぬ縄が、二本あった。女のものらしいタオルもあった。

〈あの足で〉〈たらしこまれた〉。中島の、阿《おも》りのない清い感想が彼の内耳にこだました。〈たらしこまれ〉たときの青年の、青年であるべき溌剌《はつらつ》とした昂揚を想い、雪之丞の腕はさっと動いた。

背後から縄で女の上半身を縛り、タオルで猿ぐつわをかませ、そしてころばせた。ころんだ女にのしかかったが、女は抵抗し、彼の背中をなにか固いもので殴り、逃げて行った。

たしかに。

たしかに、どうかしていたのである。

不潔に汚れた女を前にして、一瞬、雪之丞は「ふだん」から墜落したのである。

女生徒のすばやい逃亡後、体育用具室に彼はひとりになった。幾年月のほこりを吸い込んだのだろう、ねずみ色がかったマットに、冬の午前中のひかりがふりそそいでいる。その暢気《のんき》な静寂が、彼の性器を萎《な》えさせた。なんということをしでかしたのか。

あの女。逃げていったあの女。夏目先生に襲われましたとふれてまわるだろうか？　できるはずがあるまい。理科の次は数学ですなどと、だれが狼少女のよまいごとを信じる？　大阪の私立高校に合格しているのに、あの女だって、なにを酔狂に問題をおこしたがる？　証拠はない。理科の教師のようにすればいい。知らぬ存ぜぬで通せ。知らぬ存ぜぬ。死ぬまで通せ。

不潔な下等動物のために、なにゆえに、公務員の保障をふいにする必要があろう。その保障がもたらす、わずかかもしれねど確実な金で、べつの下等動物はきものを着てめかしこめるのではないか。

宮古女子大付属高校に合格してよろこんでいる娘にはしあわせになってほしい。血をわかつ人間はしあわせにしなくてはならぬ。女よりも、母よりも、はるかに男はそれを願うのである。それは消耗品である男の、ささやかなる軌跡なのだから。己が性器のささやかなる大きさの軌跡なのだから。

雪之丞はそしらぬ顔で用具室を出た。出ると中島が立っていた。

〈先生があんなこと言わはるんで、あの噂について質問したら、否定しましたよ〉

雪之丞は言った。中島がなにか訊《き》いてくる前に、先手を打った。中島は笑った。なにを考えているのかわからぬ笑みを雪之丞は警戒した。だが、

〈そうでっかー〉

中島は、そう言っただけだった。そして、

〈いやあ、かなわんなあ、もう〉

そうつづけた。

「いやあ」「かなわんなあ」。この二語は、二千年の昔から、関西の地域で、ものごとをあいまいにしておく知恵である。$\sqrt{5}(\sqrt{10}-2)+\sqrt{45}$を、ひとつの整数にはできない。$5\sqrt{2}+\sqrt{5}$にしかならない。$\sqrt{2}$も$\sqrt{5}$も無理数である。

中島と雪之丞は、用具室の前で交差し、別れた。

職員室にもどった雪之丞は、転勤希望を書いた。

そしてその夜、雪之丞は瑞枝に謝罪した。

「すまなかった。どうかしてた」

二階の四畳半。鏡台のある部屋に瑞枝を呼び、謝った。

瑞枝はだまっている。

「なにか言ってくれ」

沈黙に耐えられず乞《こ》うた。頭を下げたまま。

瑞枝は言った。

「なら、たばこの量を減らして」

とだけ。

雪之丞は頭をあげた。瑞枝は鏡台の前でうつむいていた。

「やめるのはむずかしいやろ。そやけどせめて減らして」

「わかった……」

「しばらく……。しばらく、ここでひとりにさせて。階下《した》でお茶でも飲んできて」

「わかった……」

下りた。

わかったと言いながら、雪之丞はダイニング・キチンでたばこを吸った。何本も吸った。

そこへ、当時、高校生だった雪枝と、新高校生になる瑞穂が来た。

「また、たばこ吸うてるわ」

「そんなに吸うさかい、歯が脂《やに》だらけや」

ふたりは言った。

「お父さんの歯は脂でねちゃねちゃやて、わたしらが同級生からどんなにからかわれたか知ってるのん？」

「そんで瑞穂は京都の私立に行きたがったんや。お母さんは、働いててくれはるお父さんにそないなこと言うもんやないて、いっつもわたしらをなだめてはったけど、そんときお母さんが泣いてはったん、知ってるのん？」

命をさしだしても惜しくなかったふたりの生物たちは、雪之丞に言った。

「あんなあ、前から言《い》お思《お》もて、言えへんかったけど、今日は言うわ。お父さんの口は、死ぬほど臭い！　そばに寄るだけで吐き気がする！」

と。

以後、雪之丞の喫煙量は激減した。

＊

とっくり亭で、雪之丞は追う。

とーっとっとっと。

夢のなかの、やさしい人間を。

とーっとっとっと。

彼女はいなくなってしまった。とーっとっとっと。遠いところだけに、やさしいものはある。遠いところだけが、きらきらとひかりかがやいている。

文机の抽斗にしまった布。〈きょうとやで〉と教えられた駅を発《た》った日、ひとつだけ民生が手から離さなかったてぬぐい。しゅうっととっくりの絵が染められたてぬぐい。

くいと焼酎を飲み干す。と、

「夏目せんせ、そんな飲み方、あかんわ」

声がした。

「なにか食べはったほうがええんちゃいますの？　あっさりしたもんでも用意させてもらいまひょか？」

かつて民生と呼ばれていた雪之丞に、話しかけてきたのは、とっくり亭の店員だった。

「え、ああ……」

店員に顔を向けると、彼は笑った。坊主頭に髪を刈った、まだ少年のような店員。

「そうやな。そうして」

へい。店員はメニュー表を持ち、これと、それからこれ、どうでっかと、指で示した。

「うん。きみにまかせるわ」

「おおきにどうも」

おおきにどうも。おのれの健康を心配してくれた、少年のような青年に、雪之丞は感謝した。うつむいて、眼鏡の下で、とじたまぶたに指を添えた。

桃

桃はむずかしい。

いくつかの点でむずかしい。

たとえば入手するのがむずかしい。桃は日本ではたぶん、比較的かんたんに買えるくだものだろうけれど、おいしい桃となるとむずかしい。

朝は急いで起きて会社に行かなくてはならないし、月末になったら部屋代や光熱費を払わないとならないし、お天気のよい日には布団を干さないとならないし、安売りの日に詰め替え用の洗濯洗剤も買わないとならないし、蛍光剤の含有されていない洗剤と、含有されている洗剤と、ウールが洗える洗剤と、同じ日に安くなるわけでもないし、安い日に必ず買い物に行けるわけでもないし、洗濯洗剤ばかりに注意しているだけでなくほかの物も買わないとならないし、捨てないとならないし、仕事が長引くときもあるし、家事で休みの日が終わってしまうこともあれば、仕事でも家事でもないことをすることもある。私はごくふつうの社会人だから、おいしい桃を求めて小さな旅に出られるような酔狂な時間はない。

おいしい桃は、腐りかけた桃。腐りかけた桃を売っている店は、そんなにない。

適当なところで買っておいて、腐る寸前まで放っておくとおいしくなるのだが、そのためには桃を長いあいだ自分の部屋に置いておかなくてはならない。

桃が自分の場所にずっとあるのが、私は大嫌いなのです。大嫌いなことをしたくない。

桃はむずかしい。

桃は脳の装置に悪影響をおよぼす。

配電盤にはブレーカーがついているでしょう？　あれは電流が流れすぎないように電気を切ってしまう装置で、同じような装置が人間の脳にもついている。

安全機能が不全だと、いろいろと困ったことがおきる。桃はよくない。

なんどかの困った体験から、私は桃を見ただけで悪影響を感じるようになった。だから桃を自分の場所から遠ざけている。

ふつうの社会人だから、桃を買う時間がないのは、むしろよかった。

そもそも、桃はきれいなのがよくない。

香りもきれいだし、かたちもきれいだ。味もきれいだ。なんの罪咎《つみとが》もないようなきれいなよそおいがよくない。

もし、だれかが桃が好きだと言えば、聞いた人はまず反感を持たない。きれいであることは正義なのである。

正義からすれば、うまく茹《ゆ》でられなかったときのうずらのたまごを剝《む》く感触は、汚い。

にわとりのたまごでも、うまく茹でられなかったとき、本体から殻がつるりつるりと剝けずに、ぶちぶちくっつくけれど、本体も白くて殻も白いから、「しかたがないね、これはうまく茹でられなかったね」と、正義を愛するみんなもあきらめてくれる。

でも、これがうずらのたまごだと、とうてい許されない。

うずらのたまごは、茹でなくてもさいしょから、ちょっと怖い。小さいのに、黄ばんでいてまだらの模様がある。拡大すると恐竜のたまごのようだ。冷蔵庫のたまご入れ棚に、にわとりのたまごの代わりにうずらのたまごを並べてごらんなさい。そして、うずらのたまごを並べたことを忘れるていど、ちょっと時間を置いて、冷蔵庫を開けてごらんなさい。たまご棚のようすに、ひっ、と後退りするはず。

それに、十個入りが七十八円だ。ということは、きっとうずらは、糞《ふん》のようにたまごを量産するのだ。

うずらのたまごがうまく茹でられなかったとき、にわとりのたまごとちがって、白地にまだら模様の殻がくっつく。不均等な大きさのまだらの模様のかけらが、ぶちぶちと、小さいたまご本体にくっついている状態といったら、すごく汚い。

でも、たとえそれが汚くても、私はうずらを食べるから、きれいな桃だけしか食べない人からすれば、私は汚い。

コンピューターを製造して販売している会社に勤めている立場らしく二進法でススメば、きれいじゃないものは、汚い、になる。

同じように二進法で、すべてを逆にもどってゆけば、私はむかしから汚かった。きれいじゃなかった。きれいじゃないことをたくさんした。

でも、あるひとつのおこないについてだけは、うずらのたまごがうまく茹でられなかったかんじとはちがうと、むかし、言いたかった。

きれいじゃない。汚い。否定しない。ただ、うずらのたまごがうまく茹でられなかったかんじとはちがう。でも、ちがうと思っても、ちがう、が、うまく言えないでいた。言えないでいる。

なんどか、言おうとした。だれかに言いたかったわけではない。自分に言えるようにした。むかしから、だれかに言うつもりはなかった。汚いことは、だれかに言うものではない。

ただ自分に言えるようにこころみた。でも、言えなかった。言えないでいる。

そのうち、言えなかったこと、言おうとしたこと、言えないでいることに、さわらないようにした。

そうして、今日で三十二歳になった。

自分にプレゼントを買おう。

今日は桃を買おう。

社員食堂でお昼ごはんを食べおわったとき、決めた。

桃。

きれいな桃を買おう。

思い切って、今日は桃を買おう。みがまえて食べればいい。ウィルス・メールに注意してメールソフトを起動させるように。誕生日なのだし、喉《のど》がかわいたのだし、かわいたのも真鍋課長の好意だったのだし。

北海道エリアとの共同開発製品会議に出席した真鍋課長がおみやげにバターを買ってきた。昼休み、社員食堂の食券売り場でたまたま課長のうしろに並んでいた私の誕生日を、彼はおぼえていた。

〈おれ、部下の誕生日は暗記してるんだ〉

そう言って、おごってやると私のぶんも合わせて二枚、ラーメンの券を買い、私の隣にすわると、自分のラーメンにも私のラーメンにも北海道みやげのバターを、箸《はし》でたっぷり切り取って入れたのである。

〈ちょっと醬油《しょうゆ》をバターにたらしてね、こうするとすっごくうまくなるんだ、ほら食べて、食べて〉

あ、という暇もなかった。バターにつづいて醬油も丼に入った。

にこにこしている課長に悪いと思ってあわてて私はバターラーメンを食べた。バターが入っていないほうがよかったし、醬油を増量しないほうがよかったけれど、だまっていた。

食べおわってから、歯をみがいて水を飲んだが、午後の仕事中も喉がすごくかわいた。とても桃が食べたくなった。

課長がバターを入れたのだから。誕生日だから。そう思い、昼から桃を買うことにしていた。

——どこで買おう?

地下鉄のなかで考える。会社の周辺に桃は売っていなかった。やはり桃はむずかしい。いろいろとむずかしい。

——あの立派そうなお店にならきっとある。

私は改札を抜けて歩く。

抜けて右にまがったところにある、贈答品になるようなくだものをメインに売っている八百屋さんに行ってみた。大きな桃が二個で一六〇〇円だった。おぼえておいて、百メートル先の西友に行った。贈答品向けのコーナーで二個入りのパックが一二八〇円だった。

——どっちがおいしいかな。

考える。立っていると足がだるい。年度末の大掃除がまだつづいていて、ここのところ、段ボールに物をつめたり、段ボールを運んだりしていたし、このあいだの土曜と日曜は二日つづけて市民体育館でバドミントンの猛練習をした。百メートルもどるのはめんどうだ。

——こっちでいいや。

二個入りパックのほうを買った。高いからおいしいともかぎるまい。

ポリエチレンの袋をさげて、坂道をのぼってゆく。

坂道がおわって、左にまがる。大崎テント店とミツルヤ商店の角のところまでくると、軽トラがとまっている。

「産地直送」と、運転している人が自分で書いたような字が紙に書いてあった。

――四月なのに、産地直送の桃があるんだろうか。

首をかしげる。「モモ、一七〇〇円」と書かれたパックは四個入りだ。

――えーっと。

てのひらに4)1700 って書いて、筆算した。単価は、この軽トラの桃がいちばん安い。そのうえ産地直送。でももう西友で買ってしまった。

――なかったことにしよう。

歩くスピードをあげて部屋にもどる。

なかったことにする技術を、私はむかし体得した。

手を洗って、うがいをして、夕ごはんをひとりぶん作る。

〈自炊してるの？　偉いわねえ〉

〈独り暮らしだから自炊だっていっても、コンビニの弁当ですましてる子が多いのに、偉いなあ。いい奥さんになれるのになあ、もったいないなあ〉

八田さんや真鍋課長は言うけれど、時間がすこしあるときにごはんを五合炊いておいて、それを三種類の大きさにわけて各々ラップして冷凍庫に入れておき、別の日にまた五合炊いて同じように冷凍しておけば、家で食べない日もあるから、月に二回くらい炊くだけで、冷凍ごはんの蓄えが、その日の空腹状況に応じて常時対応できる。一ラップを冷凍庫から出してチンして、あとは納豆とかおからとかと、そのときに冷蔵庫にある野菜を茹でて食べるだけのことで、こんなのべつに自炊っていう作業じゃないのに、八田さんと真鍋課長に褒められると恐縮する。

——あとで桃を二個食べるのだから、ごはんはいちばん小さいのにしよう。

最高の調味料は空腹であるという旨を、だれか有名な人が料理について言っていた記事を、八田さんの雑誌でちょっと前に読んだことがある。

〈もう読んだから、いる?〉

八田さんは、昼休みに、そう言って雑誌をくれた。ぱりっとしたスーツを着たきれいな女の人が、大きな書類が入るような大きめの革の鞄《かばん》を肩からさげて立っている写真が表紙の雑誌。歩きにくそうな高いヒールの靴だった。髪は長かった。長くてまっすぐで肩より下。スーツのスカートは膝《ひざ》が出るか出ないかくらいの丈で、肌色のストッキングをはいていた。

雑誌がいるかと訊《き》かれたとき、私は表紙の女の人の左の足首をじーっと見ていた。細い鎖のアンクレットをしていた。

〈あげるわ。いらないなら、捨てといて〉

返事を待たずに、八田さんは出ていった。それで読んだ雑誌。

——そうだな。おなかがすいていると食べ物はおいしいな。

茹でた菜の花と赤いピーマン二個を乱暴に刻んだもの。キドニー豆。大豆。小盛りのごはん。これらを、フライパンを使わずに大きめの皿にみんな入れて、ゆかりをふってかきまわす。とてもかんたんなまぜごはんは、蛋白質《たんぱく》、VA、VC、ミネラルなどのバランスがよい。

それを食べてから食器を洗って、口を漱《すす》いで、洗った食器に桃を一個だけ入れてテーブルに置いた。三日月とうさぎの模様の食器の横に広告の紙をひろげた。皮を捨てるのはこの紙。

——するっと皮が剝《む》けますように。

ナイフで切れ目を入れて願う。西友のくだもの売り場の、できるだけ古そうなのを選んだ。できれば表皮が変色したくらいの桃が欲しかった。そういう桃は、うずらのたまごがうまく茹でられなかったときのように皮が本体にくっついたりせず、するっと剝ける。

——するっとしてますように。

願いながら、願いが叶《かな》いそうもないことを知っている。持っただけでもう、桃の実がかたく張っていることがわかる。

するっと剝けなかった。ナイフで剝いた。皮を剝かれた桃がころんとひとつ、食器にのる。それをふたつに切る。種のあるほうは大きく、ないほうは小さい。

ないほうから口にいれた。むかしの匂いがしてきた。嚙《か》むほど、してきた。

それは注意していたことだから、取り乱さなかった。

注意していないときに、むかしの匂いを嗅《か》がされると取り乱すけれど、注意して構えておけば対処できる。

桃の匂いがするむかしに、しかし、桃を食べたわけではない。それなのに、桃の味と香りは、むかしを思い出させる。むかしの、あるなにか、ではなく、むかしぜんたいを思い出させる。

そのころは疲れなかった。足がだるいというかんじなんかしたことがなかった。

だからだろう。

桃の果汁が口のなかにひろがる。ひろがる果汁の感触は元気そうだ。だからだろう。

でも、桃よりオレンジのほうが果汁がひろがる。グレープフルーツでもレモンでも。それならオレンジやグレープフルーツやレモンのほうがむかしを思い出しそうなものなのに、なぜなんだろう。

――きっと、感触が原因なんだろう。

桃を噛む。

しゅにっと実が割れて、液体が口内に散って、顎《あご》を動かすと、もっと実がくだけて、繊維がぬかりなく舌の突起のひとつひとつにからんで、ごくんと喉におちてゆく。

そうすると、用水路のポンプ小屋のまわりに夏草が繁《しげ》っているところや、ごみがたくさん捨てられた穴や、スチールの本棚にふぞろいに並んだ本や、そこに入っていた新潮文庫の褪色《たいしょく》した茶色い栞《しおり》の紐《ひも》や、ステンレスの流し台に置いたコーヒーカップが見えたりする。煉瓦《れんが》の壁いちめんにからまった蔦《つた》の、茎の強靭《きょうじん》なまがりぐあいや、火事のときに逃げられないような覆いのついた窓のある部屋の、窓の下のほうで流れている川の、ぼぼっこ、ぼぼっことという音や、道の向こうのほうで枯れ葉を集めて燃やしているぱちぱちした音が聞こえる。炭素の匂いがする。

桃を食べるといつもこれらが見えるわけではない。いつもこれらが聞こえないし、これらを嗅ぐわけでもない。ただ、桃を食べると、むかしにふれたものが見える。

むかしなんて、そりゃあたくさんあって、ぜんぶが見えるわけじゃない。むかしのなかでも、ある部分だけのむかしにふれたもの。それだけでもたくさんある。

ある部分だけのむかしを消してしまう機能が人間の脳には備わっているのだそうだ。桃を食べると、むかしが追いかけてくる。桃が脳の装置に悪影響をおよぼすと言ったのはこういう意味である。桃は重たい。

桃を避けているのは、だから。むかしのことを思い出すのは、私にとってはいやな行動で、したくない行動だから。

食器の桃にのばす手が、すこしこわごわする。

——もう……。

やめようとも思う。

手前でとまって、まよって、息を吸って、それから、がっと種の入っているほうをとってむしゃむしゃ食べた。

唇がびしょびしょに濡れて、汁がよだれみたいに顎から首へ流れて、手の甲でぬ《ぬ》ぐったら、もっと顎と首が濡れた。指についていた桃の汁が指のあいだから甲に流れていたから、甲も濡れていたのだ。甲も濡れていることを私は知っていた。

甲で拭《ふ》いても濡れているのを濡れていないようにすることはできないことを知っていたように、ほんとは見てはいけないものを見ていることを知っていたむかし、私は靴を汚そうとしていた。

むかし、コンクリートの廊下で靴を汚そうとしていた。

買ったばかりのバスケットシューズだったので、自分の身にまとっているほかのものから白さが浮いているのが気になって、汚そうとしていた。

とても急いでいたのに、むかし、そんなことをしていた。

無駄な時間をつくりたくなかった。急いで自転車を漕《こ》いで、急いで階段をのぼってきた。廊下のつきあたり。玄関の戸の前に立ったとたん、気になった。バスケットシューズがひかるように白いのがへんじゃないかと。

右の足で左の足を踏んで、左の足で右の足を踏んで、汚そうとする。

そうしていたら、ぱっと戸が開いた。

びっくりした。ノックしなかったのに開いたから。

なにをしているのかと開けた人は訊《き》く。ノックしなかったのになんでわかったのかと私は開けた人に訊く。

白いからいやだったので汚そうとしていたと、私が先に答えた。なんとなくわかったからと、開けた人が後で答えた。

紐をほどいて、部屋に入った。

小さな玄関に脱いだバスケットシューズは、踏んだところがかえって踏んでいないところのまっしろさを目立たせてしまっている。私は、靴をいっぽうの手でそろえながら、もういっぽうの手でシャツのボタンをはずす。いっぷんでもいちびょうでも無駄なことをなくそうとして。

シャツを脱ぎながら、お湯を出しておくことを玄関の戸を開けた人に頼む。この部屋のシャワーはお湯が出るまでにしばらくかかるから。

ざーと蛇口から水が出る音がした。開けた人はかんたんな服装だったから、もう入ったのかと私は訊く。入ったと言うので、私は玄関をあがったところで裸になって、風呂場《ふろば》に行った。出ると、開けた人がマットの上に立って、バスタオルをひろげてくれたから、タオルのなかに入った。

ベッドの前で拭いてもらう。風呂場からベッドまで、足跡が床についた。

うすいみずいろ地に、濃い青色の線が二本入った模様の、大きいわりに厚手じゃないバスタオル。歳暮か中元かと私が訊くと、開けた人は一種の肯定をする。一種の景品。景品のようなもの。そう補足して。

同じデザインの、色だけ暖色系にしたバスタオルが、ベッドを置いてない部屋の机の上にかぶさっている。

机の上のタオルは取ってはいけない旨、開けた人は言い、私は了承する。タオルの下のものを私は見ない。

石油ストーブの燃える部屋で、開けた人は膝《ひざ》をついて、ふくらはぎを拭く。私はベッドに腰をおろし、開けた人の肩に足をのせる。のった部分に、開けた人は口を寄せる。

外掃除のときに、土のなかから人間の足の骨が出てきたことを、私は開けた人に教える。もとは墓地だったところだから外掃除のときに骨が出てくるのはしじゅうあることだった。

開けた人も知っている。開けた人の口がふくらはぎから膝を通過して胴体のほうへ移動してくるまでのあいだ、すこし恥ずかしくて言うのである。

まだ陽射しのある部屋で性器を見られるのもそうだけれど、上方から見下ろす、開けた人の鼻梁《びりょう》やうなじや、しぐさを見るのも、私はすこし恥ずかしい。

恥ずかしいという感情は、おうおうにして性的な昂奮へと通じるものだけれど、ここでいうすこし恥ずかしいという感情は、そうした昂奮とは相反する。隠さなくてはならない身体の部分を見せられるということ。それはやすらかな気持ちに似ている。信じている気持ちにも似ている。それから、上から見る、開けた人のすがたやしぐさは、とてもかわいい。

開けた人の口がふとももの内側の肉を強く吸う。鼠蹊部《そけいぶ》も吸う。性器の粘膜の部分を舐《な》める。舌が細かく動いて奥に侵入してくる。ねむたくなる。退屈だからじゃない。やすらいで、ねむたくなるようなかんじになる。

私はぱたんとたおれ、足を、開けた人の肩の上からもっと上に上げて、くるんと身体の向きを変え、ベッドの上にあおむけになる。開けた人が服を脱いで裸になって、私の上に乗った。開けた人の体重が、はらはらつたわる。体温が、みっしりつたわる。私は昂《たか》ぶった。

今、うれしい。

今、たのしい。

今、この人といっしょにいるといううれしさ。なにをするよりなにを食べるよりなにを見るよりなにを聞くよりたのしい今。

うれしくてたのしくて、私は開けた人にしがみつく。開けた人のおしりを両足できつくはさむ。開けた人の顎が私の頭にあたる。いっしょにいる今。

ふたりで反転した。さらに反転した。私は開けた人の上に乗る。

腰にまたがって膝と腿で開けた人を摑んで、おなかの上にきゅうっとまるまる。かわいくて肩を嚙む。かわいくて耳を嚙む。喉を嚙む。腕の太いところを嚙む。今じゃないときに服に隠れている部分はつよくつよく嚙む。ふたつの有機体を混ぜてひとつにしてしまうことが不可能ならせめて歯が食い込むぶんだけでも、すこしでもたくさん、開けた人と自分の身体を混じらせたい。混じってしまいたくて胸を吸う。開けた人の胸の肉を手で寄せて、赤ちゃんみたいに吸う。ミルクが出ているんだと想う。吸って飲めば混じれる。

うれしくてたのしくて、うれしくてたのしいとつたえたくて、開けた人の性器を口に挿れる。スプリングの金具のかすかな音がマットの下のほうからする。私の腋下に、開けた人の腕がまわりこみ、私は引き上げられる。

キスをする。がんばって私は目をつぶらない。がんばる。

目をつぶってはいけない。そうしないといけない。つぶってしまったらいけない。つぶってしまったら規則を破ってしまう。つぶってしまったら会えなくなる。

開けた人は指で私のまぶたを閉じさせる。胸がせいいっぱいになる。まぶたの裏がうれしくて濡れる。

うれしくてたのしいとことばに出してしまえば、今は壊れる。

だからいやらしくならなければならない。いやらしいだけのおこないにしなければならない。でないと、壊れる。

このこわいしくみを、私が知っている以上に、開けた人は知っている。

私はしくみを知らないふりをする。私が知らないふりをしていることも、開けた人は知っているんだろう、きっと。でも、私が知らないふりをしていることを知っていることにも、知らないふりをする。

でないと、さいしょから成立しない。

でないと、私たちはさいしょから、ここにいない。

私たちはいやらしいことをした。釣り人の針にかかり、釣り上げられ、地上におろされた魚のようにのたうって動いた、開けた人の胴。火に炙《あぶ》られた丸焼き肉のように、膚《はだ》の穴のひとつひとつから、あぶらっぽい汗をふつふつと浮かせた私のおしり。

開けた人と私は、そのままずっと、ものすごくいやらしいことをした。日が沈み、部屋がまっくらになっても、私が気を失うまで、ずっと。

——ずっと、そこにいた。帰るはずだったのに……。

私は、桃に濡れて、むかしにふれたものを見る。

帰るはずだったから、急いで裸になった。でも裸になると、こんどはいっぷんでもいちびょうでも長くそこにいたくなった。

家に帰れなくなり、嘘をついて、私はそこにいた。嘘の電話をかけて、そこにいつづけ
た。

ものすごくいやらしいことをさんざんして、夜中に湯を張って、開けた人と私は、罐詰《かんづめ》
のようにぎゅっとなって、小さなバスタブにつかった。

——きれいじゃなかったよ。

目の前に桃が残っている。

むかしは、きれいじゃない。むかし、したおこないは、およそきれいなんていう代物じ
ゃない。正義を愛するきれいな人なら、目をそむけたくなるほど汚いことを、私と開けた
人はしていた。

桃は密偵のように、私の場所にひそんで、むかしを窃視《せっし》する。

取り乱しはしない。

もう、むかしではないから。

今はわかる。

嘘の電話をかけたあと、私よりはるかに、比較にならないくらいはるかに、開けた人の

ほうが苦しかったことが、三十二歳になった私にはわかる。

きれいなものを愛する人々が、汚いと罵《のの》ったら、自分だけが汚くいようと、むかし、私は覚悟していた。でも、でも開けた人のほうがもっともっともっと、そうしていたのだ。比較にならないくらいもっと。

汚いことの罰のように、むかし、私はその罰を、自分の身体にではなく、開けた人の身体に与えたのに、開けた人はただ容《い》れた。

汚いとめちゃめちゃに罵られても、なにひとつ言い返せないことを、開けた人も私も、汚いと罵る人よりも知っていて、それでもずっと、ふたりでいた。

――ずっと……。

ずっといたのだ。私たちは。

靴を汚そうとしていたときだけじゃない。べつの部屋でも、部屋じゃない場所でも、私たちはずっとふたりでいた。

私がだれかといて、開けた人もだれかといても、私がひとりで、開けた人もひとりでいても、べつべつのところで、べつべつに、いっしょにいた。

勉強部屋の蚊とり線香のけむりをわずかにゆらす、網戸から吹いてくるぬるい風を、私は開けた人とともに頬に受けた。

いわし雲の浮いた空に向かってそびえるポプラの並木も、私は開けた人とともにその黄色を見た。

農協の三階建ての建物の、コンクリートの壁が突然の雨に打たれるのも、私は開けた人とともにその湿気を嗅いだ。

グラウンドを行進するときの『錨《いかり》をあげて』も、人造の桜の飾りがほどこされたアーケードのある商店街に流れる『ジングルベル』も、私は開けた人とともに旋律を聞いた。

――むかしのことなのに……。

桃がまだある。

桃の残りを口に入れる。口蓋《こうがい》に桃が密着して、液体が喉にしたたってきて、唇が濡れる。あの日、MONAで会うのを、私は拒んだ。汚い私は、はじめから嘘の電話をかける心づもりでいたのだと思う。机の上は見ないことを約束して、部屋に行った。

三十二歳の私は立って、桃の皮と種を捨てる。口と手を水で洗う。捨てても、洗っても、彼といたむかしを、私はおぼえている。

バスタオルは平織の部分が字になっていた。会社の名前。光村図書。私はその会社の国語の教科書を使っていた。

「そこはぜったいさわるな」

彼の声もおぼえている。机の上にかかったほうのバスタオルの下には同級生の答案用紙が束になっていた。彼は定期考査の採点をしていた。

「どうした？」

今でも思い出す。黎明《れいめい》の布団のなかで聞いた、かすれた声。

夜明けに目がさめ、私が彼のほうを向くと彼も目をさまし、そう言った。

「どうもしない」

泊まると、よく、こわい夢を見て目をさますことがあったから、こわい夢を見たのではないと私は言った。そうか、よかった、と彼は言った。半分起きて半分眠っている布団のなかが、ひとりでいるのではない温度になっているのはしあわせだった。

「いっしょに寝るとあたたかい」

私は足の指で彼の足の指をさわった。それからキスをした。長い時間、した。

「先生は、何人もの女の人とキスしたから上手なの？」

口を離してから、私は訊いた。

今でも感じる。訊いたあとに彼が見せた表情を見たときの、自分の無力を。やさしかった。それが私に自分の無力を感じさせた。

「対等、じゃなかったのか……？」

先生は微笑して、私の前髪をちょっとなで上げて、それから目をつぶってまた眠ってしまった。弱い朝のひかりが、額に落ちていた。先生の手をにぎり、私も眠った。

布団の外はつめたい十二月の真冬。

私は十四歳だった。墓地を埋めて建てられた中学校に通っていた。

そのむかし、私たちは、ただひとつになりたかった。ほかになにも望まなかった。ただただ、ひとつになりたい、そのひとつの望みのためだけに、ほかのすべてを踏みつけた。

桃。

桃を私はまた食べてしまった。もう食べないと決めたのに。ぜったい食べないと決めたのに。あのキスを消したいのに。

ずっと、桃が自分の場所にある。

文庫版あとがき

本書には中編「青痣（しみ）」など六作が収録されている。長編『ッ、イ、ラ、ク』と対になった小説集である。

対になっていると明記するのは煩《うるさ》いのではないか。この心配が単行本時にはものすごくあった。けれども単行本発刊から二年を経て、文庫版ゲラを読み返すと、明記するほうが適切であり、必要だと思うに至った。

対になっているといっても、『ッ、イ、ラ、ク』のラストシーンからの続編ではない。序の編でもない。さりとて姉妹編というには六話の主人公たちの世界は各々に独立している。対聯《ついれん》性が読者に即座にわかる一語が見当たらなかったので、編集部考案の「もうひとつのッ、イ、ラ、ク」という副題が入った。

本書中もっとも長い「青痣（しみ）」の田中景子は三十代半ば。独身の会社員で、ちょうど今は特定の恋人がおらず、休日に少しばかりの遠出をし、少女時代の出来事を回想する。よって、この時期の感情や行動が微細に描かれるが、現在・過去の交互フラッシュバック方式がとられている。それは現在の景子の年齢に近い読者を想定しているからで、この想定読者に中編小説として単独でたのしんでもらえるよう書いた。ところが、それゆえに『ツ、イ、ラ、ク』をすでに知っている読み手だけは、「天の目」を持てることになる。随所にちりばめた隠しピースのようなくだりを見つけると、『ツ、イ、ラ、ク』未読者の何十倍ものスリルを味わうことになる。たとえば景子はどしゃぶりの日に勉強部屋で足を組みかえているが、そのころ学校の準備室では……。たとえば景子は絵を拾ってくれた相手を「レールから逸《そ》れないやつだ」と些《いささ》か軽侮しているが、当の相手は絵を拾ってやる前夜に……。

同じく中編の「世帯主がたばこを減らそうと考えた夜」についても、夏目という男のさびしい倒錯と保守的な市民性の混在を、一個の中編小説として仕上げることに尽力した。だが、「青痣（しみ）」同様にそれゆえに、『ツ、イ、ラ、ク』を知る読者は、夏目が、かつての同僚の担当科目を理科だと勘違いしてしまっていることにすら、おそらく、一抹の哀愁を感じるのではないだろうか。

ましてや「桃」ともなると、『ツ、イ、ラ、ク』を読んでいないかぎり、わけがわからない。人物の関係や背景や状況の説明がないにひとしい。「桃」は篠原哲雄監督により映像化されているが、篠原監督をして「読んで、わけがわかりませんでした」と記者会見で言わしめたくらいである。なのに「桃」が本書の総タイトルになっているのは、版元から「短くてお客様がおぼえやすい」と言われたため。「桃」の、理より情が前面に出た、いわゆるカンカク的でフェミニンな一人称での筆致は、『ツ、イ、ラ、ク』の、新撰組隊士や坂本龍馬も登場しての三人称の乾燥した筆致と対照を見せているところもあるかもしれない……と、他人に総タイトルつけは任せてしまった。

筆致といえば、本書に収録された六作はみなこれが異なる。六人は過去の同じ出来事について語っているのに、その出来事に対するスタンスやこだわりは六通りである。六人がそれぞれ通過した時間がそれぞれちがうのだという雰囲気を出せていればと祈る。

人は、その人だけの時間を歩いてゆく。かつて人口四万の長命で小さな出来事があった。それから後、あるいはその最中、あるいはその前、長命に住んでいた六人はどんな時間を歩いていたか。それを描き分けると、時間というものが各人によっていかに異なるか、いかに多様かが浮き上がってくる。この小説集の主役は時間であるといっても過言ではない。『ツ、イ、ラ、ク』においても、時間は陰の主役であった。

＊

二作品ともに文庫になった今、長命市地図と長命小学校校歌、長命新聞、それにイアン・マッケンジーの大ヒットナンバー「6ペンスで舐めて」をぜひ後のページに付けさせて下さい。読者の手によるものです。傑作です。「隼子のテーマ」「三ッ矢のテーマ」という曲を自作自演してテープで送ってきて下さった方もいらっしゃいました。

作品中の架空の町の地図、架空の小学校の校歌、架空のミュージシャンの楽譜、架空の登場人物のテーマ曲が、読者によってつくられる……小説家としてこれほどの名誉と幸福があるでしょうか。

安藤くん、頼子夫人、景子さん、夏目先生のように、私にも時間が降りました。書く仕事を始めてからいつのまにか三十年ぶんほども。事由あってつけたバカみたいな筆名の効果で、実際よりずいぶん若く錯覚されることがあるのですが、私は、若くないどころか、もう引退してもおかしくない年齢です。巻末の角川書店編集部作成の「著者紹介」は、なんといっても商品版元の作成ですから、よいことを選んで紹介して下さっています。が、ようは権威とは無縁の、功成らず名も遂げず三十年を過ごした小説家なわけです。にもかかわらず応援してくださった読者の方々に、私にとっては特別な作品である二作品文庫化の本年、あらためてここに、心より厚く御礼申し上げたく、地図と歌の楽譜と新聞を付ける次第です。本当に本当にありがとうございました。

二〇〇七年　R.KとJ.Mが並んで自転車を漕《こ》いだような晴れた日に

姫野カオルコ

『ツ、イ、ラ、ク』と『桃』を読んで

小早川正人

まず最初に申し上げるべきは、私は出版社に勤務する編集者であり、一男性読者として率直に本書ならびに『ツ、イ、ラ、ク』の感想を書いたということである。私の年齢は四十三歳。担当するジャンルはおもにノンフィクション。仕事上、文芸とは無縁である。しかも最近では、プライベートでも小説というものをまったく読まなくなってしまっている。多くのサラリーマン同様、私は毎日、何かと大変である。平日は残業、接待でいつも午前様。帰宅してからも持ち帰った資料を読まなければならない。休日は妻の買い物のつきあいと子供の塾の送り迎えであっというまに過ぎる。唯一自由になる通勤電車の中は、睡眠を補い、朝から妻に罵倒《ばとう》されて乱れた気持ちを鎮め、新聞や企画書に目を通す貴重な場所である。

そんな私にとって、小説とは読むのに時間がかかるわりに実益が伴わないものでしかない。実益とは、なにも「チェス必勝の裏ワザ」とか「絶対失敗しない愛犬しつけ術」とか「悪妻に復讐《ふくしゅう》する法」とかのことではない。読んだ時間に見合った楽しさとかわくわく感といった、ちゃんとした手応《てごた》えのことである。

もちろん仕事に直接関係ないとはいえ出版社の社員である以上、文芸時評で話題の小説を読むこともある。しかし、たいていは「ふーん」という感想で終わってしまう。まあ悪くはないが、とくに読まなきゃいけないものとも思えない。読んだ、という手応えがない。少なくとも私は、こんな小説ばかりならこの世からなくなっても困らない。そして、仕事や家庭を持つ忙しい大人の多くが、私と同じように思っているのではないかと考えている。立花隆だって「小説は読まない」と言っているではないか。

だったら、こんなところにしゃしゃり出て解説なんか書くな！　と読者は怒るだろう。いつもの私なら吃《ども》って謝るところだ。しかし、本書については、こんな私だからこそ書けることがあるのではないかと思ったのである。

姫野カオルコの『ツ、イ、ラ、ク』と、対《つい》作品である本書『桃』を読んで、私はこれまでの小説に対する考え方が一変してしまった。読んでよかったと思える小説に初めて出会った気がした。もとより解説などという偉そうなものは書けない。だが日本のサラリーマンの一人が感じたままを書くことで、私のように小説とは無縁に生きているすべての男たちに、なんとか本書の存在を知ってもらいたいと強く思ったのだ。

本書のなかでとくに私は「世帯主がたばこを減らそうと考えた夜」について述べたい。『桃』という女性的な書名に隠れてはいるが、この作品こそは世の男たちすべてに読んでほしいと切望する。

「世帯主がたばこを減らそうと考えた夜」を読んで、私は嗚咽《おえつ》した。飲んだ帰りにサウナで流す汗のようなお決まりの涙ではない、心の奥底の塊を溶かしだすような熱い涙が、あふれてきて止まらなかった。小説を読んでこんなに泣いたのは初めてだった。そして泣いたあと、心が少し軽くなった気がした。

大げさね、と本書のおもな読者層であろう二十代、三十代の女性は言うかもしれない。だが試しにこの作品を、あなたの周囲の大人の男性（お父さんは照れくさければ学校の先生や職場の先輩）に薦めてごらんなさい。賭《か》けてもいい。「こんな小説が読みたかった」という感謝か、「なんてものを読ませたんだ」という困惑か、いずれにしても尋常ではない反応があるはずだ。おそらくはみな、目を潤ませながら。

なぜこの小説は男を泣かせるのか。

それは姫野カオルコが、夏目という初老の男のなかに「少年」を見ているからだと思う。この作品が「ある五十代男性の屈折した心理を克明に描いた小説」であるだけなら、さほど珍しくはない。所詮《しょせん》それは作家が創作した他人事《ひとごと》であり、大人は他人事にやすやすと感情移入などしないものだ。しかし姫野カオルコは、少年が年齢を重ねて仕事や家庭を持つにつれ、抗《あらが》いようもなく理不尽なものを抱えていくさま、つまり少年が大人になるまでに誰もがたどる普遍的な道程を、夏目に託して描いている。

だから男たちは、夏目を見ているうちに自然と思い出す。輝いていた少年の日を、人生が不本意な方向に転じた分かれ道を、犯してしまった過ちを、とっくに忘れたつもりでいた「こんなはずではなかった」という思いを。

そして、やり場のない後悔に身悶《みもだ》えするのである。

姫野カオルコはそんな夏目を、男たちを、肯定も否定もしない。ただ「とっくり亭の少年のような店員」の口を借りて、そっと声をかける。

「なにか食べはったほうがええんちゃいますの?」

それだけでいい。それだけで、男たちは熱い涙を流し、癒《いや》されるのだ。

いまこれを読んでいる若い男性、いや女性にも、どうかわかってほしい。これは断じて、オヤジの感傷などではない。大人の男たちがどうしようもない自分を引き受け、明日からまたなんとかやっていくために必要な活力となる、涙という名の汗なのだ。

姫野カオルコは単行本『桃』のほうの「あとがき」に、本書の陰の主役は「時間」と書いているが、「世帯主――」にかぎらず、この短編集に私が心揺さぶられた理由、それはおそらく人間のかなしみや切なさを長い時間軸の上に置いて、普遍的、構造的に描いているからだと思う。私の場合はまず、冒頭作品「卒業写真」の次のくだりで涙腺《るいせん》をやられた。

「小さなみずうみのそばの部屋でひとり、安藤はほほえむ。安藤本人は気づいていないが、それは、十四歳だった安藤にほほえんだ梁瀬由紀子のようなやさしいほほえみであった」

本書の主役が「時間」であることを象徴する一節である。

しかし、このように「時間」を主役にすることは、どんな作家にでもできることではない。姫野カオルコにそれができるのは、「少年」を描けるからである。女子が夢想する絵空事の少年ではない、真にリアルな少年を。だから読者は難なく時間軸の「起点」に立ち、作品に身をまかせながら自身の記憶を蘇《よみがえ》らせることができる。そして、大人になってしまった少年である自分の姿を、鏡に映すように突きつけられる。そのリアルさは、「じつは姫野カオルコは男ではないのか」と疑う人さえいるほどである。

実は（実は、というのもへんな言い方ですが）姫野カオルコは女である。では女である彼女に少年が、男が描ける理由とはいったいなんだろうか。

私が思うに、そのひとつは、彼女が「共学」出身だからではないだろうか。「共学」とは男女共学の学校のことだ。

小学校、中学校、高校と、人間の基礎がつくられる時期に「共学」だったか、「別学」、つまり男子校や女子校に通っていたかの差は世間が思っている以上に大きい。それは私自身、妻子や同僚と接していて痛感するところだ。

あえて暴論を承知で言おう。

異性と日常接することのないまま育った「別学」の人間にとって、夢想のなかの異性とは一個の人格というよりは目的物に近い。極論すれば、男にとって女は「守ってやる代わりにやらせてくれるもの」であり、女にとって男は「やらせてあげる代わりに守ってくれるもの」なのである。

一方、異性と日々接する「共学」の人間は、男も女も異性を性的対象として見つつも、一個の人格としても向き合わねばならない。その葛藤《かっとう》のなかで異性への洞察を深め、「違い」を理解する態度を養う。だから「共学」出身の女が男を見つめる視線は、男が自身に向けるそれ以上に鋭く、容赦ないものになるのである。

しかし、「共学」出身の女性作家なら誰でも本書のような、大人の男を泣かせる小説が書けるわけではない。姫野カオルコにそれができるもうひとつの理由、それは彼女の「目線」の位置にあると思う。先に引用した「卒業写真」の一節をもう一度ご覧いただきたい。

ここで安藤のほほえみを、十八年前の梁瀬由紀子のほほえみと同じだと観察しているのは、作者自身の目である。彼女の作品にはこのように、登場人物を少し引いた場所から客観的に眺める描写がしばしば見られる。それが、彼女が描く人物像に普遍性を与え、大人の読者をも感情移入させるのである。最近の小説を読んでいて私がしばしば感じるのは、どれも作家の目線が登場人物にかぎりなく近く、ほとんど同一のものばかりだということだ。それでは個人の日記かブログを読まされているのと変わらないではないか。

彼女のような目線の位置をもっている作家として、私にはもう一人、思いあたる人がいる。司馬遼太郎である。彼女自身も司馬ファンであることをインタビュー記事で知って、私は大いに納得したものだった。人間を戦国や幕末の群像の中に置いて見つめるのが司馬遼太郎なら、恋愛する男女の群像の中に置いて見つめるのが姫野カオルコなのだと思う。本書『桃』の本編というべき『ツ、イ、ラ、ク』は、まさに大河のような時間の流れに少年少女の群像を置き、恋愛を濾過《ろか》装置にして人間の成長する姿を描いた大作である。

ところで、その『ツ、イ、ラ、ク』とほぼ同時期に刊行された、同じように学校や生徒や教師をアイテムとする恋愛小説が二つあった。一つは二十代の、いま一つは四十代の、ともに女性作家による二作品はいずれも売り上げが十万部を超え、四十代作家の作品は文学賞を受賞して映画にもなった。ところが『ツ、イ、ラ、ク』は、この二作に比べて売り上げでも評価の面でも大きく水をあけられている。

なぜそんなに差がついているのか？　試しにそれらの作品を読んでみて、私の頭の中は疑問符だらけになった。いずれも、私にとってはそれこそ、「ふーん」と思うだけの作品だった。女性による、女性と女性の考える男を描いた小説であるそれらは、男の描かれ方がきわめて平板であり、自分にとっては遠い作品でしかなかった。

たしかに面白くないわけではない。この二作が、きめこまかな女の心情を描いたブンガク的な恋愛小説として、「一定の支持」があるというならわかる。しかし現実には、この二作と『ツ、イ、ラ、ク』との評価の差は、圧倒的なのだ。

第一三〇回直木賞にノミネートされた『ツ、イ、ラ、ク』について、「オール讀物」二

○○四年三月号掲載の選評によると、選考委員たちから次のような「難点」が指摘された。
「主人公たちの小学校や中学校時代の描写は冗長である。これは不要ではないのか」

これを読んで私はあきれ返った。先に述べたように『ツ、イ、ラ、ク』は、「時間」を陰の主役にすえることで普遍性をそなえ、大人を感動させる物語になっているのである。その起点となる主人公たちの少年少女時代をカットしたら、それは長命市という架空の町で起きた恋愛騒動にすぎないではないか。そんなものは子供しか読まない。

思わず私は邪推してしまう。

選考委員になるような、文壇の偉い作家や評論家の先生には「別学」出身者が多い。高齢なので「別学」が一般的だった世代だからだ。彼らは「女子ごとき」に男のリアルな内面を抉《えぐ》り出されることが不愉快なのではないか。いやもしかしたら、抉り出されていることに気づいてさえいないかもしれない。だから作品全体のテーマが根底から理解できないのではないか、と。

あるいは、こう勘繰りもする。

功成り名遂げた彼らにとって、もはや物語の普遍性や明日への活力などはどうでもいい。ただ「作文の上手な女の子」がその場その場、一行一行を健気《けなげ》にブンガク的に踊ってさえいればご満悦なのではないか、と。

もしそうだとすれば、文壇において姫野カオルコは異端の作家であろう。彼女の、つとめて平明な文章で、恋愛を構造的に描くことで人間そのもののかなしさ、切なさ、おかしさを表現しようとする姿勢は。そして世の中には一過性的で日記的な小説ばかりが「ベストセラー」となって流通していく。

話は飛躍するが、いまこの国は、まるで子供の国である。国会ではその名も小泉「チルドレン」が跋扈《ばっこ》し、親は学校に子供のしつけを要求し、しつけをしたら今度は人権をふみにじったと怒り、テレビの中ではなんの芸もないタレントが大物然としてふんぞり返り、好感度ナンバーワンなどといわれている。物事の本質にこだわる大人がどこにもいない。私にはそうしたこの国の「子供化」が、小説の世界でも進行しているように思えてならない。そして物言わぬ多くの大人たちは、きょうも急ぎ足で職場へ向かうのである。彼らは気づかない。おかしな「王国」からひとり離れて彼らを見つめ、彼らが本当に読むべき小説を書いている作家がいることに。

大人たちよ、小説を読もう。大人たちがブンダン崇拝から脱し、自分の目で小説を選びはじめたとき、『ツ、イ、ラ、ク』と『桃』が日本現代文学史上の金字塔であることがわかる。

付録

（作成　ジキル古賀）

長命新聞

長命新聞
平成16年1月11日日曜日
発行 忍者新報社
はんげ山公園完成記念行事特集
はんげ神社初詣に三千人
公園内では各種イベント
長命市立公民館で現代詩朗読会開催
長命市民マラソン大会
長命農協フリーマーケット
長命グルメ探訪記
長命ふるさと短歌
長命東市場のレストラン
投稿市民の声
マルヨ靴店
小西不動産
長命信金
美容室アトリエススム
眺めの良い部屋
HOTEL MONA
マルミ自転車店
スピガ新春大バーゲン
近映新春ロードショー

長命市地図

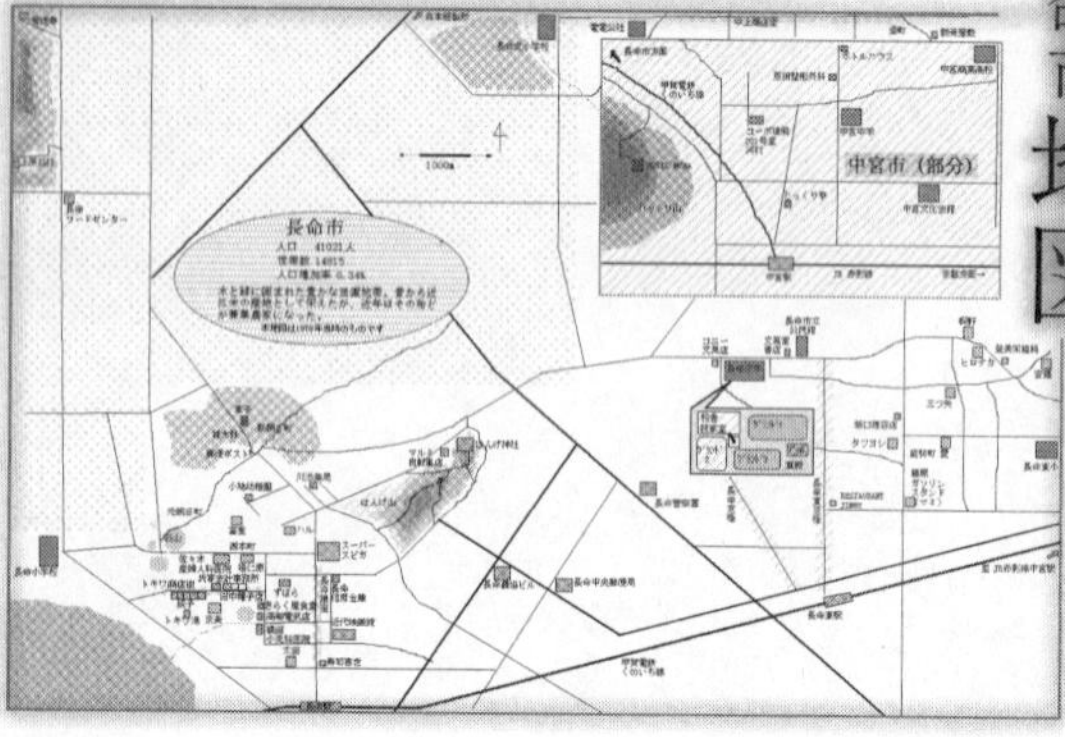

長命小学校校歌

イアン・マッケンジー「6ペンスで舐めて」

＊さらに詳しくご覧になりたい方は
http://homepage2.nifty.com/Jekyll-Koga/tuiraku/choumei.htmlまで
または、検索ソフトで「長命新聞」と入力してもアクセスできます。
当サイトではメロディも聞くことができます。

著者紹介

（角川書店編集部作成）

姫野カオルコ（ひめの・かおるこ）

1958年滋賀県生まれ。幼少の一時期をキリスト教宣教師宅で過ごした。青山学院大学文学部卒。画廊事務を経て、90年、コメディ小説『ひと呼んでミツコ』が初の単行本となるも、「こまやかな批評意識のうえで／破壊的なスラップスティック精神が炸裂する／現代の日本文学において最も強烈な笑いをかきたてる」（中条省平）と正読されるまでに十年の歳月を待つ。「喜劇に懸けているのでコミカルな字画になるよう工夫した」という筆名はメディアによっては誤解を招き、作品のテーマごとに文体を操る特性も小説家としての認知を遅らせたきらいがあった。

『ドールハウス』『喪失記』『レンタル（不倫）』の“処女三部作”、『変奏曲』『整形美女』『ちがうもん（旧題＝特急こだま東海道線を走る）』など、作品は内省的なものからストーリーテリング中心のものまで多様でジャンルを超えている。だが常に、生きることの哀しみと滑稽さが清明な視点で描出されており、この点において『…ミツコ』以来、男女を問わぬ熱烈な読者を獲得してきた。

「姫野さんの発想は真似できないものがある」（斎藤美奈子）、「不可能な超絶技に挑戦した果敢な小説／これだけ趣味（認識力のこと）がよくて、しかもその『趣味』による裁断を的確な言葉で表現できる物書きがいたとは」（鹿島茂）、「かなり生真面目な哲学的とでも形容すべき問題意識／純文学に分類される気がする」（米原万里）等、多方面からの評価がある。

『よるねこ』収録の「探偵物語」が日本推理作家協会の2002年『ザ・ベストミステリーズ』に選ばれ、97年『受難』、04年『ツ、イ、ラ、ク』、06年『ハルカ・エイティ』が直木賞候補となった。

http://himenoshiki.com/　（公式サイト）

本書は、二〇〇五年三月に角川書店より
刊行された単行本を文庫化したものです。

桃《もも》

もうひとつのツ、イ、ラ、ク

姫野《ひめの》カオルコ

角川文庫　14769

平成十九年七月二十五日　初版発行

発行者—井上伸一郎
発行所—株式会社角川書店
東京都千代田区富士見二—十三—三
電話・編集（〇三）三二三八—八五五五
〒一〇二—八〇七八
発売元—株式会社角川グループパブリッシング
東京都千代田区富士見二—十三—三
電話・営業（〇三）三二三八—八五二一
〒一〇二—八一七七
http://www.kadokawa.co.jp
印刷所—旭印刷　製本所—BBC
装幀者—杉浦康平

ひ 8-14　ISBN978-4-04-183515-9　C0193

角川文庫発刊に際して

角川源義

第二次世界大戦の敗北は、軍事力の敗北であった以上に、私たちの若い文化力の敗退であった。私たちの文化が戦争に対して如何に無力であり、単なるあだ花に過ぎなかったかを、私たちは身を以て体験し痛感した。西洋近代文化の摂取にとって、明治以後八十年の歳月は決して短かすぎたとは言えない。にもかかわらず、近代文化の伝統を確立し、自由な批判と柔軟な良識に富む文化層として自らを形成することに私たちは失敗して来た。そしてこれは、各層への文化の普及滲透を任務とする出版人の責任でもあった。

一九四五年以来、私たちは再び振出しに戻り、第一歩から踏み出すことを余儀なくされた。これは大きな不幸ではあるが、反面、これまでの混沌・未熟・歪曲の中にあった我が国の文化に秩序と確たる基礎を齎らすためには絶好の機会でもある。角川書店は、このような祖国の文化的危機にあたり、微力をも顧みず再建の礎石たるべき抱負と決意とをもって出発したが、ここに創立以来の念願を果すべく角川文庫を発刊する。これまで刊行されたあらゆる全集叢書文庫類の長所と短所とを検討し、古今東西の不朽の典籍を、良心的編集のもとに、廉価に、そして書架にふさわしい美本として、多くのひとびとに提供しようとする。しかし私たちは徒らに百科全書的な知識のジレッタントを作ることを目的とせず、あくまで祖国の文化に秩序と再建への道を示し、この文庫を角川書店の栄ある事業として、今後永久に継続発展せしめ、学芸と教養との殿堂として大成せんことを期したい。多くの読書子の愛情ある忠言と支持とによって、この希望と抱負とを完遂せしめられんことを願う。

一九四九年五月三日

角川文庫ベストセラー

角川文庫ベストセラー

角川文庫ベストセラー

鳥人計画　東野圭吾

日本ジャンプ界のホープが殺された。程なく彼のコーチが犯人だと判明するが……。一見単純に見えた事件の背後にある、恐るべき「計画」とは!?

探偵倶楽部　東野圭吾

〈探偵倶楽部〉――それは政財界のVIPのみを会員とする調査機関。麗しき二人の探偵が不可解な謎を鮮やかに解決する！　傑作ミステリー!!

さいえんす？　東野圭吾

男女の恋愛問題から、ダイエットブームへの提言、プロ野球の画期的改革案まで。直木賞作家が独自の視点で綴るエッセイ集！〈文庫オリジナル〉

13　古川日出男

左目だけが色弱の響一は、幼い頃から色彩の天才といわれる。進学をせず、ザイールに向かった響一は、霊力の森、そして「黒いマリア」に出逢う。

沈黙／アビシニアン　古川日出男

純粋な悪意を、卓越した筆力と、幻想的且つ音楽的文体で綴った『沈黙』。純粋な愛、内省的な魂を、詩的に描いた『アビシニアン』。二作を収録。

ロマンス小説の七日間　三浦しをん

海外ロマンス小説翻訳家のあかり。恋人に対するイライラを思わず翻訳中の小説にぶつけてしまって……！　注目作家が書き下ろす新感覚恋愛小説。

月魚　三浦しをん

古書店『無窮堂』の若き当主真志喜とその友人で同じ業界に身を置く瀬名垣。二人は密かな罪の意識を共有してきた。〈解説：あさのあつこ〉

角川文庫ベストセラー

白いへび眠る島　三浦しをん

十三年ぶりの大祭でにぎわう島に流れる噂。【あれ】が出たと…。二人の少年が体験する、夏の冒険譚。三浦しをんの新たなる世界！

今夜は眠れない　宮部みゆき

伝説の相場師が、なぜか母さんに5億円の遺産を残したことから、一家はばらばらに。僕は親友の島崎と真相究明に乗り出した！

夢にも思わない　宮部みゆき

下町の庭園で僕の同級生クドウさんの従姉が殺された。売春組織とかかわりがあったらしい。僕は親友の島崎と真相究明に乗り出す。衝撃の結末！

あやし　宮部みゆき

どうしたんだよ。震えてるじゃねえか。悪い夢でも見たのかい……。月夜の晩の本当に恐い恐い、江戸ふしぎ噺――。著者渾身の奇談小説。

螢川　宮本　輝

少年と姉弟の束の間の交遊を描き太宰治賞を受賞した「泥の河」と、少年の心の動きと蛍の大群の乱舞を抒情的に描いた芥川賞受賞の表題作を収録。

道頓堀川　宮本　輝

大阪ミナミの歓楽街、道頓堀界隈は、眩いネオンとは裏腹に、人間の哀しさを奥深くに隠し秘めた街。様々な過去を背負った人間群像を描く感動長編。

葡萄と郷愁　宮本　輝

東京とブダペスト。外交官夫人を約束された結婚を承諾した純子と、米国移住を勧められるアーギ。人生の岐路で激しく揺れる二人の女子大生を描く。

角川文庫ベストセラー

花の降る午後 宮本輝

最愛の夫を亡くし、老舗レストランを女手一つで切り盛りする典子に、訪れた恋。祈るように愛し、命がけで闘う…。真摯に生きる人々の幸福物語。

異国の窓から 宮本輝

別れの悲しみは胸にしまい、素晴らしい人々との出会いの数々…。ヨーロッパ七カ国と、中国を巡る、笑いと悲しみの涙にあふれる名紀行文。

海辺の扉(上)(下) 宮本輝

最愛の息子を死なせた過去を背負い、紺碧のアテネの空の下、あてどなき人生の旅は始まった。心の闇に広がる光の彩りを描く、宮本輝文学の最高峰。

彗星物語(上)(下) 宮本輝

とまどい、そして衝突。ハンガリー人の留学生を迎え入れた城田家の人々は少しずつ変わり、新しい絆と歓びが生まれてゆく。愛情と成長の物語。

悲しき熱帯 村上龍

季節のない島で、すべてのものが、自らの物語を朽ちていく……。耳を澄ますと草も鳥も波も風も、すべてが鳴いている。幻の名作、待望の文庫化。

すべての男は消耗品である 村上龍

村上龍は考える。恋愛について、男(女)について。なぜ男は元気を失ったのだろう。なぜ女は輝いているのだろう。〝快楽主義的〟恋愛論。

トパーズ 村上龍

風俗嬢。高層ホテルの窓ガラスに裸の胸を押しつけ、トパーズの指輪を見つめる。東京を疾走する女たちをとらえた、衝撃の大ベストセラー。